Cocktail Kiss Label

不器用な唇

First love

高岡ミズミ

Mizumi Takaoka

JN103065

この物語はフィクションであり、実在の人物・団体・事件等とは、いっさい関係ありません。

Contents

イラスト・金ひかる

不器用な唇

First love

十六年も生きていれば、誰だって秘密のひとつやふたつあるはずだ。隣の席の小菅《こすが》が保健医の矢野《やの》に迫ってフラレたことや、優等生の千葉《ちば》が裏では信ぴょう性の薄い他者の悪評を広めていることなんかは、秘密とは言っても面と向かって本人に問い質さないだけで皆が知っていることだけれど、たとえばいつも肩で風を切って歩いている遠藤《えんどう》にじつはゲイの気があるなんて、誰が想像できるだろう。

ひとが秘密を持つのは、後ろめたいからだ。それが性的なものであればなおさら隠したくなる。

取り繕って、辻褄《つじつま》を合わせて、なんとかバランスを保とうと躍起になるのは当然と言えば当然だった。

「吉岡《よしおか》。吉岡裕紀《ゆうき》」

窓の外、晴天の秋空に向けていた目を、裕紀は教壇へと戻した。まだ白い鰯雲が焼きついている網膜に、若い数学教師を映す。

「名前を呼ばれたらまず返事をして立つ。基本だろ？」

黒板を指しながら寺沢《てらさわ》が裕紀の名を呼ぶのを、座ったままで見た。狭い空間でどうして無駄に声を張るのか、自分には理解できない。それ以前に、なぜこの教師が自分を標的にするのか、それを考えると反感がこみ上げてくる。

授業中にぼんやりしている生徒は他にいくらでもいるのに、おそらく注意しやすいのだろう。真面目だけが取柄の、わけありの生徒だから。

「吉岡」

三度目には、仕方なく立ち上がった。

教壇を下りて歩み寄ってきた寺沢が、裕紀の席の目の前で足を止めた。

「おまえさあ、いっつもぼうっとしてるよな。いまの聞いてたか？　聞いてなかったよな。いったいなにに気をとられていたのか言ってみろ」

「…………」

「外に好みのコでもいたのか？」

小指を立て、ウィンクをしてくる教師に心中でため息をこぼす。

こういうタイプの教師はどこにでもいる。生徒を理解しているつもりで、兄貴分を気取って
――もっとも苦手とするタイプだ。

「せんせー、そんなイジメると吉岡くん泣いちゃうよぉ」

誰かが囃《はや》し立て、くすくすと笑う声が教室内に広がる。

「おいおい、いくら吉岡でも泣きゃしないだろ。な、吉岡」

寺沢も調子を合わせて、笑いながら顔を覗き込んできた。

「なにを見てたんだ？　吉岡。言ってみろ」

「……鳥を、見てました」

渋々適当に答える。

案の定、寺沢は大袈裟に両手を広げた。

「鳥？　これはまた吉岡にぴったりの可愛い趣味だな。だが、いまは授業中だぞ」

白い歯を剝《む》き出しにして笑う様に、嫌悪感がこみ上げる。

「……すみません」

早く解放してほしいのに、なにがそんなに可笑しいのか、その後も笑い続ける寺沢がどうにも気持ち悪かった。

いっそ怒鳴られたほうがマシだ。

「前を見たくなかったので」

とうとう耐えきれず、本音を口にする。

一瞬静まった教室が、次の瞬間、どっと沸いた。囃し立てる生徒たちのなか、さっきまでのにこやかさが嘘のように寺沢の顔が一変する。

眦《まなじり》が吊り上がり、口許《くちもと》は醜く歪んだ。

「前に出ろ、吉岡！　前に出て、問題を解け！」

喚き散らしながら、痛いほど腕を掴《つか》んでくる。無理やり前に引っ張られた裕紀は、反射的にその手を振り払っていた。

「吉岡……おまえっ」

それが火に油を注《そそ》ぐ結果になった。目を血走らせ、怒りをあらわにした寺沢がいっそう顔を近づけてくる。

「すみ、ません。体調がすぐれないので」

いまにも唾がかかりそうで、吐き気に襲われた。眩暈《めまい》さえしてきて、これ以上ここにいると倒れそうだった。

「いいかげんにしろよ、吉岡！　俺はおまえを特別扱いしないからな」

「……本当に気分が悪くて」

ふらふらと椅子に腰を下ろした裕紀だが、すぐにまた乱暴に引きずり上げられる。寺沢の手を振り払おうにも、すでにそうする力も出ない。両腕を捕らえられた格好でかぶりを振るしかなかった。

掴まれた場所の他人の体温と、背中を伝う冷たい汗が気持ちの悪さに拍車をかける。これ以上我慢ができそうにもない。胃の中身が喉元《のどもと》までせり上がってくる。

吐いてしまいそうになった、そのときだ。

「先生」

開け放たれたままの教室の外から、低い声が割って入った。その声で、教室内は静けさを取り戻す。囃し立てていた者らは口を閉じ、一斉に声の主へと視線を向けた。

声だけでそれが誰なのかわかった裕紀には、確認する必要もない。寺沢の手が緩んだのを幸いに椅子に崩れるように座り込むと、肩で何度も息をついた。

「……なんだ。小田切《おだぎり》か。いま、授業中だぞ」

「知ってるよ。ちょっと腹の調子が悪いから、保健室に行く途中」

「だったら、早くいけ」

寺沢の意識がそれたおかげか、それとも他に理由があるのか、ふたりの会話を耳にするうちに吐き気はおさまる。ほっとしたのもつかの間、

「けど、まずいんじゃないの？　先生。そいつ、死にそうな顔してるよ」

ふたたび注目を浴びたせいで、台無しになった。

「お、俺はなにもしてないぞっ」

「べつに先生のせいだとは言ってねえけどな」

早口で言い訳をする若い教師に対して、小田切は終始落ち着いている。これではどちらが年上なのかわからない。

落ち着いたその声だけを耳に入れて、何度か深呼吸をした。

「吉岡」

声をかけてきたのは、小田切だ。裕紀は重い頭を上げ、小田切へ目を向けた。

「ついでに俺が保健室に連れてってやろうか」

そう言うが早いか、首をひょいと屈めて鴨居《かもい》をくぐった小田切は、口許に薄ら笑いを滲《にじ》ませて近寄ってくる。がっしりとした肩で羽織っているブレザーが自分と同じ制服に見えない、なんて言う気はないが、小田切は少なくとも他の誰よりずっと大人びている。

「来いよ」

誘われるまま、裕紀は立ち上がった。このままここに留まるくらいなら保健室のほうがいいし、相手が小田切ではそもそも自分に選択権はない。

「かまわねえだろ、先生」

裕紀の腕をとった後で、小田切は有無を言わせない口調で寺沢に問う。

「あ、ああ」

小さな舌打ちは寺沢なりの抵抗だろうが、聞こえないふりをして小田切の背中を追った。

「小田切さん」

教室を出る直前、同じクラスの町田《まちだ》の顔が視界に入る。

ああ、そうかと裕紀は腹の中で嘲った。

小田切が通りかかったのは偶然ではなかったらしい。それはそうだ。こんな上手いタイミング、あるはずがない。

今回も町田だ。小田切の金魚の糞、子分の町田が教室をこっそり抜け出して、隣のクラスの小田切を呼びにいったというわけだ。

余計なことをと、自然に眉根が寄る。

寺沢にしても小田切にしても、自分にとって厭《いや》な奴には変わりない。直接害があるという点では、むしろ小田切のほうがたちが悪いと言える。

「吉岡」

大きな歩幅で前を歩く小田切が、ふいに口を開いた。びくりと肩を跳ねさせてしまったことを悔やみつつ、顔には出さず無言を貫く。

どうせ、この後の台詞はわかっていた。

「このまんま出よう」

ほら、やっぱりだ。

これにも黙ったままでいると、初めから拒否されるとは少しも思ってない小田切は、返事も聞かずに渡り廊下から昇降口へと向かった。

「鞄……」

「町田が持ってくるだろ」

断られるとはこれっぽっちも思っていないのだろう、振り向きもせず前だけ見て歩く小田切のあとに裕紀はついていった。

どこへ行くのか、とは聞かない。小田切の向かう場所、それが自分の行き先だ。

上履きから靴に履き替え、裏門から外へ出る。

いつの間にか吐き気はおさまり、あれほどの不調もすっかりもとに戻っていた。

少し歩いて路地裏へと入り、小さなスナックの勝手口の前で小田切は足を止めると、我が物顔で中へと入っていった。

菫《すみれ》というスナックに来るのはもう何度目かになるが、今日は時間が早いせいかまだ明かりもなく、店内は薄暗かった。

「章子《しょうこ》」

小田切の呼びかけに、二階から二十代半ばの女が下りてくる。

「早いのね」

かなりの美人だ。どこか寂しげな目をしている。指の間に細い煙草を挟んで、章子はカウンター席につくと、気だるげな仕種で手にしていた缶ビールに口をつけた。

「洋《よう》ちゃんも飲む？」

未成年に飲酒を勧めるなんて――と常識を振りかざしたところで意味がない。

「いや、いい」

小田切は毎回断るし、ここへは飲酒のために来ているわけではないのだ。ちらりと一度こちらを見てきた小田切が、

「二階、貸して」

人差し指で上を示す。

呆れたように章子が肩をすくめるのも、いつものことだった。

「昼間っからお盛んってていうかなんていうか」

章子の一言を、唇の内側を噛《か》んでやり過ごす。不躾《ぶしつけ》な視線にどこを向いていいかわからず、絨毯の染みをじっと見つめていた。

たいしたことではない。こんなことはなんでもない――口中でくりかえして、先に階段を上がる小田切の後ろについていく。

木製の急勾配《こうばい》の階段がきしきしと軋み、それが足の裏から体内に侵入してきて、体内でも音を立て始める。

「壁薄いんだから気をつけてよ」

章子の忠告の意味は十分わかっていたが、考えないようにした。鈍感でいることが、自分にできる唯一の手立てだ。

階段を上がりきると、小田切が襖《ふすま》を開ける。狭い和室に置かれた卓袱台《ちゃぶだい》の上にはグラスや茶碗が置きっぱなしで、タンスに入り切らない派手な服が鴨居からぶら下がっている。

小田切はそれらに見向きもせずに足を踏み入れ、そのまま奥の部屋に入った。同じ六畳の和室だ。こちらには鏡台があるくらいで、六畳にしては広々として見える。

無言で布団が敷かれる間、裕紀は所在なく立っているほかなかった。

ブレザーのジャケットを脱ぐや否や、布団の上に胡座《あぐら》をかいた小田切は静かな、それでいて欲望に満ちた双眸を裕紀に向けてくる。その前では、まるでヘビに睨まれたカエル同様に、動けなくなる。

ぽん、と自身の膝を小田切が叩いた。

「来いよ」

きしきしという体内の音が心音だったと、このときになって気づく。それはどんどん大きくなっていき、やがて他のすべてがどうでもよくなった。

「ぜんぶ脱いで、跨《また》がれ」

誰もいないのに、誰かに見られているような気がして、裕紀は一度室内へ視線を巡らせる。

当然、誰もいない。自分と小田切以外は。

目の前の小田切に目を戻すと、震える手でジャケットの釦を外していった。

小田切の要求に従うために。


小田切洋治《ようじ》の噂は、編入してすぐ耳に入ってきた。

裕紀がそれまでの名門私立校を一年でリタイアしたあと、復学するのに隣町の高校を選んだのには理由があった。

そこそこの偏差値で、そこそこの評判。しかも、自分のように馴染めずリタイアした生徒を積極的に受け入れていたからだ。

いや、一番の理由は父親に対する当てつけかもしれない。不登校になったときも、別の高校に行きたいと頼んだときも、父親の返答は「好きにすればいい」とそれだけだった。

なら好きにさせてもらうと編入した高校は、思っていたとおりの場所で、いっそ拍子抜けした。転入生に嫌がらせをする奴もいない一方、寄ってくる者もいない。そういう対応を望んでいた自分にしてみれば、うってつけだと言ってよかった。

もっとも、何事にも例外はある。

平均的な高校の例外は、小田切洋治だ。

百八十を上回る身長。がっしりとした体躯、長い手足。恵まれた体躯は、バスケットでインターハイに出場経験があるという体躯教師にも劣らないのに、小田切本人はそれを活かす気はないらしく、どんなに誘われても帰宅部を貫いている。

そのため小田切が走ったり飛んだりする姿を、体育の授業以外で目にしたことがなかった。

大人びていて、常に落ち着き払っている小田切は、恵まれた身体つきと相俟って視線ひとつで上級生どころか教師ですら黙らせる。

右の目尻に走る傷痕もおそらく無関係ではないだろう。

小田切には近寄らないほうがいいよ、と編入日にお節介なクラスメートが俄《にわ》かには信じがたい話をいろいろと教えてくれた。

前任の保健医と保健室で『やってる』のが見つかったせいで、保健医が飛ばされたとか。近くの女子高生をやるだけやって捨て、その子が自殺未遂を起こしたとか。暴力沙汰は日常茶飯事で入院させた奴は両手でも足りないとか。鑑別所を出たり入ったりで二年ダブっているとか。

ひとり暮らしで夜のアルバイトをしていて女を連れ込み放題、とか。

まるで絵に描いたような不良だ。

そのときは非行のスーパーマーケットだなと心中で噴き出し、まだ会ったことのない小田切の話を適当に聞き流した。

二年の留年と、夜のアルバイトについては事実らしいとあとから知ったが、自分には関係がないと思っていた。

それが間違いだったとわかったのは、編入して二週間がたった頃だ。

その日は風が強くて、まともに目も開けられないような有様だった。

よく憶えている。忘れられるはずがない。

いつもなら正門から出てバス停に向かうが、どういうわけかその日に限って近道だからと裏門から出ようとした。

グラウンドの横を進み、自転車置き場を通り過ぎてクラブハウスが建ち並んでいるほうへとひとり向かった。まだ部活中で、四、五人の生徒が屯《たむろ》しているのは目に入っていたものの、特に気に止めなかった。

最初に目が合ったのは、同じクラスの町田だった。制服を着崩した、不良っぽい見た目のクラスメートという印象くらいで、挨拶すらしたことがなかったためすぐに目をそらした。どうせ向こうも知らん顔するにちがいないと思っていたのに、そのときの町田はちがっていた。

あからさまに、やばいという表情を貼りつけたのだ。それがきっかけで、うっかり集団に目を戻してしまった。そこが野球部のクラブハウスの前で、確か野球部は廃部扱いと聞いたはず――と頭の隅で思い出しながら。

町田の視線の行方に気づいた他の者たちもこちらを見てきた。直後、ひとりが慌てて煙草を隠したのがわかり、本来なら見て見ぬふりで足早に立ち去るべき状況にもかかわらず、裕紀はそうしなかった。

理由はひとつ、彼らのなかにいた長身の男が視界に飛び込んできたからだ。

小田切洋治だと、直感した。

高校生とは思えない体躯。冷めた双眸に、大人びた仕種。目があったとき、小田切が微かに笑ったような気がしたが、本当のところはわからない。

風にはためく髪を、まるでたてがみのようだとそのときの自分は思った。

目が合ったのはたぶんほんの数秒ほどだったろう。十分すぎる時間だった。

立ち尽くしていると、当の小田切が歩み寄ってきた。

「町田のところの転入生か」

その一言ともに肩にのせられた手に、掴まれたわけでもないのに身動きひとつできなくなる。

当然振り払うこともできず、野球部のクラブハウスへ入る集団に流されるように裕紀も中に入った。

「町田、鍵」

カチャリと音がして、それが施錠されたせいだと知ったとき、身体の震えを止められなくなった。

立ち入り禁止のクラブハウスの合鍵をつくっているのを見たせいか、それとも喫煙のほうか、どちらにしても最悪の状況なのは間違いない。

「名前は？」

電灯ひとつの、昼間でも明るいとは言い難いクラブハウスは乱雑で、汗と泥の匂いが充満していた。口で息を吸うと喉に埃《ほこり》が絡みつくようだった。

薄く開いた小さな明かり取りの窓から、わずかに外の喧騒が漏れ聞こえてくる。

たった数センチ、コンクリートで隔てられているだけで、気が遠くなるほど外界から隔絶された場所も同然に感じられた。

「吉岡、吉岡裕紀」

返事のできない裕紀に代わって町田が口を挟む。小田切はむっとした顔をして、町田を睨んだ。

「おまえに聞いたんじゃねえよ」

「けど、小田切さん。連れ込んだの見つかったら……」

心配げな顔でそう言った町田に、小田切はひょいと肩をすくめた。

「俺がいつ連れ込んだんだよ。いまのは、向こうから入ってきてくれたんだろ？」

なあ、と同意を求められても、返答できるはずがない。

「いや……でも」

小田切に答えながら、町田が気にしているのはどうやら長髪の男らしい。ちらちらと彼に視線を流す町田に、なぜおとなしく入ってしまったのかと後悔でいっぱいになっていた。

「そんな怯《おび》えられると、期待に応えなきゃいけないような気になってくるじゃん」

髪を掻《か》き上げながらそう言ってきたのは、長髪の男だ。不揃いな肩までの髪は金に近く、右耳にはピアスが光っている。目立つ要望だが、裕紀は彼を知らなかった。

「え、遠藤さんっ」

慌てるあまり上擦った声で町田がその名前を呼ぶまでは。

聞き憶えのある名前だ。小田切の噂を教えてくれた クラスメートの口から、遠藤の名前も何度か出た。確か——二年生は二回目だ、と。

もちろんよくない噂だ。

どこであろうとはみ出し者はいる。不登校、保健室登校、素行不良。裕紀自身、はみ出し者だったから高校を変わった。

「やっぱり近くで見ても可愛いね。なんとかってアイドルに似てるって、裕紀くん、結構噂の的だよ」

遠藤がへらへらと笑う。

「こんなつまんない学校に優等生が編入してきた奴が、アイドルっぽいってさぁ。なんの漫画だよって感じ？　でも、ちょうどよかった。ついさっきも、町田に紹介しろって言ってたところ」

ふいに伸びてきた手が顎《あご》に触れてきて、裕紀は考えることをやめ、身をすくませた。

「髪もさらさらだし、肌なんかつるつるしてんじゃん」

遠藤が近づくぶん、後退りする。遠藤の手には、寺沢とは別の不快感を覚えた。

「俺、裕紀くんのこと気にいっちゃった。小田切、俺がもらっていいよな」

「え」

どういう意味だ……疑問を抱く間にも体重をかけられた。抵抗する隙も与えられず、あっという間にテーブルの上に押し倒され、両手首を頭の上で拘束されていた。

「遠藤さん、やばいですって」

町田が止めに入ろうとする。

「うるせえな。おまえは黙ってろ」

遠藤は一蹴すると、ジャケットの釦を外しにかかる。

「な、なんで……っ」

なにがなんだかわからず、振り解こうと手足をばたつかせたが、いっそう体重をかけられてしまった。

「暴れちゃダメよ～」

揶揄《やゆ》するようにそう言った遠藤は、

「手を押さえとけ」

仲間に向かって命じる。

「遠藤さんも好きだねえ。女も男も見境ないから」

含み笑いとともに、ふたりがかりで押さえつけられた。

「人間愛と言ってくれ。ていうか、やるならあと腐れがないぶん男のがいいな。裕紀くんみたいなの、もろ好み」

あからさまな言葉にようやくなにが起こっているのか気づき、パニックになる。半ば無意識のうちに助けを求めて、周囲を見渡した。

苦い顔をして町田が目をそらす。小田切はなにも考えていないのか、壁に凭《もた》れた格好で、自分には関係ないとばかりに素知らぬ顔をして眺めている。

ネクタイを解かれ、容赦なくシャツの前がはだけられた。

「いかにも初心な乳首だね〜」

剝《む》き出しになった胸を直接を手のひらで撫で回され、身体の震えが止められない。気持ちの悪さに勝手に目尻に涙がたまる。

「い、やだ……やめ……ろっ」

「裕紀くん、下も見せてな」

「厭だ！」

必死で足をばたつかせたが、なんの抑止にもならない。ベルトを抜かれ、一気にズボンを下ろされた。

「お、白のブリーフ」

遠藤と、加担している仲間が笑う。

「は……離せっ……やめろ！」

恐怖と嫌悪感に耐えきれず、とうとう涙がぽろぽろ流れた。拘束されて役に立たない手の代わりに、せめてもと首を振り続けていた裕紀だが、目の隅に相変わらず冷めた顔を認めた瞬間、その名前を口にしていた。

「小田切……助けて！」

ここで自分を助けられるのは小田切だけだと、本能的に察していたのだろう。

「小田切！」

小田切は落ち着き払った仕種で、咥えていた棒つきキャンディをがりがりと噛み砕くと、棒だけ口から吐き出した。

「助けたら、なにかいいことがあるのか？」

こんなときになんて奴だ、と平常なら反感を持ったはずだ。が、平常ではなかったので懸命に訴える。

「なんでもする」

遠藤から逃れたい一心だった。救ってくれたらなんでもすると本気で思いつつ、小田切に救いを求めた。

「遠藤」

小田切が壁から背中を離す。

「そのへんでやめとけ」

遠藤は邪魔をされたことであからさまに不機嫌になった。

「なんでだよ。べつにいいだろ」

が、すぐにまた裕紀の胸に触れてくる。

「俺優しいから、おとなしくしてたら気持ちよくしてあげるよ？」

「……ひっ」

乳首を抓まれて肌が粟立《あわだ》った。厭だと裕紀はくりかえし叫んだ。

「遠藤、やめろって言ってんだ」

二度めは、すぐ傍で小田切の声が聞こえた。遠藤の隣まで歩み寄ってきたのだ。

舌打ちをした遠藤が、やっと離れる。それとともに両手も自由になったので、テーブルから飛び起きた裕紀は部屋の隅へと転がるように逃げ、震えながら乱れた衣服を胸に手繰り寄せた。

「なんだよ。いままで口出ししたことねえのに、なんで今回は邪魔するんだ」

遠藤の声にも険《けん》が滲んでいる。裕紀はじっと成行きを窺うことしかできない。もし遠藤の抗議に小田切が退けば元の木阿弥《もくあみ》だ。

「厭がってるだろ」

「最初だけだって」

苛立たしげに前髪を掻き上げる傍ら、遠藤が文句を言う。

小田切はそれ以上遠藤に言葉を重ねることはせず、次に口にしたのは町田の名前だった。

「鍵貸せ」

町田は安堵の様子で頷くと、すぐに鍵を手渡す。受け取った小田切は、町田のみならずそこにいる全員に向かって右手を横に振った。

「じゃあな」

戸惑いを見せたものの、みなすんなり外へ向かう。遠藤ひとり納得していないようだった。

「まさかだろ？　おまえ男に興味ねえよな」

遠藤は鼻で笑ったあげく、

「なんだったら俺、三人でも気にしねえよ。どう？」

耳を疑うような提案をする。

撤回せず、視線で外を示した小田切に胸を撫で下ろしたのは言うまでもない。

「冗談。俺のが先に……っ」

頬を引き攣らせた遠藤は、小田切が気を変えるつもりがないと知ると、傍にあったバケツを蹴り上げ悪態をつきながら出ていった。

みながいなくなったのを確認して、ようやく息をつく。顔をシャツの裾で拭いてから、ジャケットの釦を止めていたとき、目の前に影が落ちた。

「……小田切」

視線だけ上へやる。

間近で対面した途端、なぜ安堵したのか、自分で自分が信じられなくなった。こちらから視線を外すこともできず、黙ったまま小田切を見上げる。どれくらいたったか、厭になるほど長い時間に感じられる数秒間が過ぎていった、そのとき、ふいに小田切が屈んだ。足を半分通しただけのスラックスを押さえられたのだとわかった。

ぎゅっと布地を掴んで引き寄せてみても、びくともしない。

「な……にを……」

笑い飛ばしたいのに、それもできない。一気に空気が薄くなったような気がして、胸を喘がせるばかりになる。

目の前の大きな唇の両端が、くいと吊り上がったのがわかった。

「さあ、なにをしてもらうかな」

今度は声ひとつ上げられなかった。

結局、遠藤が小田切になっただけだ。ちがったのは、なぜか自分が抵抗できなかったことと傍に誰も助けてくれる人間がいなかったこと、そのふたつだけだった。

「ふ……う……っ」

大きな手に腰を掴まれて揺すられ、苦しさに呻き声が洩れる。絶対に出すものかと思っているのに、噛み締めた唇から息と一緒にどうして声が出てしまう。

「あ……うっ」

喉に歯を立てられて、ぶるりと背を震わせた。食われそうだという恐怖と、自分でもわからないなにかを身の内で持て余し、言いようのない怖さもこみ上げてくる。

「つらい？」

この問いには、そうだともちがうとも答えられず、ただぎゅっと目を瞑ってやり過ごす。内心では、つらいに決まっていると悪態をつきながら。

後孔を使うような不自然なセックスを強要されて、つらくないわけがない。それ以前に、セックスどころかキスの経験すらなかったのだ。

「最近はもう出血もしなくなっただろ。なのに、いつまでたっても慣れないよな」

耳許でつまらなそうな声を聞く。

慣れるものかと裕紀は吐き捨てた。何度やったって慣れるはずがない。慣れたくもない。つまらないならしなければいい。

何度も何度も。

たとえ口には出さなくても、心のなかでくり返した。

「本当に苦しいだけか？」

「苦し、う……だけ……っ」

「……ったく、しょうがねぇな」

両脇を抱えて持ち上げられる。ずるりと体内から小田切のものが出ていくその気持ち悪さに、身体じゅうに怖気が走った。

コンドームを外した小田切が、覆いかぶさってきたかと思うとすぐにまた挿入してくる。膝を大きく割られて胸につくほど足を折り曲げられたみっともない格好で、裕紀は溺れかけみたいに浅く、短く酸素を欲した。

「おまえ、ナマのがよさそうだよな」

「……っ」

そんなの、あるはずがない。苦しいのはどちらも同じだ。体温や感触が生々しいぶん、気持ち悪さが増しただけだった。

「あ、や……っ」

小田切のピッチが上がる。胃の中が逆流しそうなくらい激しく体内を掻き混ぜられて、もはやすすり泣くしかなくなった。

「な……中にはっ」

「出さねえよ」

そのまま数回激しく犯されたあと、乱暴に引き抜かれた。腹の上に吐き出した小田切に性器を手で扱かれて、呆気なく裕紀も達した。

「あぁ……」

脳天が痺れるほどの快感に胸が喘ぐ。苦しさからも解放されて、絶頂の余韻に浸りつつ身体から力を抜いた。

布団の上に手足を投げ出した裕紀は、いつの間にかぎゅっと瞑っていた目を開けた。それを合図のように唇が触れてくる。そうするのが癖なのか、小田切は決まって事後にキスをするのだ。

これに限って言えば嫌いではない。どことなくくすぐったくて甘いような感じさえする。

小田切がティッシュを二、三枚抜き取り、自身のものと裕紀の腹を拭った。それから片脚を軽々と持ち上げて、たったいま小田切にいいようにされていた場所まで綺麗にしてくれた。

「乱暴だな」

最初のうちこそ冗談じゃないと抵抗もしていたことでも、いまはもうされるがままだ。どうせさんざんみっともない姿をさらしているし、直後は動きたくないし、なにより自分をこういうめに遭わせているのは小田切本人だ。

後始末くらいさせても構うものか、と開き直ったところで罰は当たらないだろう。

「嘘つけよ。こんな優しくしてるのに」

面倒くさげに丸めたティッシュを放り投げた小田切も、すぐ隣にごろりと横になる。狭いシングルの布団を自分が占領しているため、ほとんど畳の上になるが。

「でも、ひりひりするんだよ」

慣れと言えば、これもそうだ。

最初は委縮して、会話らしい会話もしなかった。いまは、たまにどうでもいい話をする。セックスを除けば小田切がなにかを要求してくることはないから、というより、暴力を振るわれるどころか、明確な脅しすらされていないと気づいたのだ。

横になったまま、ささくれ立った畳の目を数えながら、裕紀はあのときの出来事を脳裏によみがえらせた。

ほんの二ヶ月前だった。埃っぽいクラブハウスで初めて小田切に押し倒されたとき、自分はほとんど抵抗などしなかったように記憶している。

なぜなのかはわからない。無駄だと悟っていたのか、それとも怖くてできなかったのか、いまとなっては思い出せないが、とにかくされるがままになった。

ひどく出血して、そのときの一回切りだが、泣いてしまった。小田切に対して、最悪とか痛かったとか子どもじみた悪態をつきながら、数十分はべそをかいていただろう。

いま思えば、あのときの小田切は自分が助けを求めてくると確信していたのではないかと、そんな気がしている。

二度目はこのスナックだった。

一週間後だ。校門で待ち伏せされて、ここに、菫に連れてこられた。じつのところ二度目があったことに驚いたが、やはり抵抗せずに従った。

章子という女に会ったのもその日が最初だ。

男女の機微にうとい自分から見ても、章子と小田切がただならぬ関係だというのは明らかで、そのときも章子は『壁が薄いのよ』と愚痴をこぼした。

二階に上がると小田切はいきなり布団を敷いた。その理由を考えつくよりも早く身体が反応し、震え出した。

約束は果たしたはずだ、と拒否すればいいのに黙ってその場に棒立ちになっていると、小田切が自身の胸に引き寄せ、低い声で問うてきた。

——傷は治ったか？

なぜ馬鹿正直に頷いたのか。いまさら悔やんでみてももう遅い。

小田切は震えるばかりの裕紀からいとも簡単に衣服を剝《は》ぎ取ると、傷口を確認し、一度目よりも手際よくことを進めていった。

三度目も菫だった。二度目から四日たった日だ。

「…………」

思い返してみるとおかしな気分になる。厭で堪《たま》らない行為なのに、日まで克明に憶えている。学校での出来事はあやふやなのに、小田切と寝た日、場所は脳裏に刻み込まれていた。

今日で十五回目になる。二ヶ月で十五回。けっして少なくない回数だ。

クラブハウスは最初の一回きりで、ホテルが三回、他は菫。

苦しさはいまも代わりないが、小田切の言うとおり十回を越えたあたりから自分は血を流さなくなっている。

これがなにより笑える話だろう。羞恥心を捨てると、身体まで鈍くなってしまうものらしい。

「帰るか」

手持無沙汰な様子だった小田切が、のそりと上半身を起こした。怠い身体を動かし、裕紀も起き上がると、緩慢な動作で下着に手を伸ばした。

乾いた汗や体液は気持ち悪いが、いつものことだと騙し騙し身につけていく。

最後にネクタイを締めると、すでに制服姿の小田切とともに階下へと下りた。買い物にでも出かけたのか章子は留守で、自分にとってはありがたかった。

カウンターの上に鞄が置いてある。町田が届けてくれたようだ。

勝手口を出てすぐ、小田切はまっすぐ狭い駐車スペースに駐めたバイクに足を向ける。裕紀はいつものように別れの言葉ひとつ口にせず、駅へ歩き出した。

「おい」

呼び止められて振り向く。放り投げられたものを咄嗟《とっさ》に受け止めると、ヘルメットだった。

「送ってやる」

バイクに跨った小田切がエンジンをかける。ドッドッドという音とともに振動し始めたマフラーに一度目をやってから、小田切に戻した。

「バイク通学なんだ」

確かバイク通学は禁止されているのでは、と思ったものの自分には関係ない。送ってもらう理由もなかった。

「早く乗れって」

小田切は後ろを示したが、そこに乗る代わりにヘルメットを置く。

「いいよ、バスで帰るから」

身体は疲れているが、いままでだってそうしてきた。小田切がなんの気まぐれで送るなんて言い出したのか知る由もないが、どうでもいいことだ。

ふたたび駅に向かおうとした裕紀だが、思わず小さく舌打ちが出た。間の悪いことに、前方から町田と遠藤、他にもあのときクラブハウスにいたふたりがこちらへ近づいてくるところだった。

「あれ、裕紀くんじゃん」

目敏《めざと》くこちらを見た遠藤が声をかけてくる。なにがおかしいのかうすら笑いを見せる三人とはちがい、今日も町田は苦い顔になる。

「たまに早く帰ると思ったら、こうゆうことかぁ。こっから出てきたわけ？　いままでここでやりまくってんだ？」

菫の勝手口を指差し、遠藤がいやらしく口許を歪める。途端に忘れていた羞恥心がこみ上げ、唇に歯を立てた。

「裕紀くん、小田切のでかいアレをアソコに突っ込まれて、アンアンよがってたんだ？　なんだよ。妬いちゃうだろ？」

馴れ馴れしく背に回された手が下に滑り、尻をぎゅっと掴んできた。その手を振り払って後退りする。

「なんだよ。つれないじゃん。もしかしたらいま頃やりまくってたのは俺かもしれねえのに。小田切を夢中にしちまうんだから、よっぽど具合がいいんだろうね、裕紀くん。俺にもやらせてよ」

再度伸びてきた腕に身をすくめた瞬間、視界がさえぎられた。いつの間にバイクを降りたのか、それは小田切の制服の背中だった。

「……なんだよ」

遠藤の威勢がよかったのはそこまでだ。こちらからは見えなくても、不穏な空気は察することができる。

小田切は口で言い返すわけでもなく、すぐに裕紀に向き直ると、裕紀の置いたヘルメットをもう一度手渡してきた。

今度は裕紀も受け取り、被った。

自らタンデムシートに跨がり小田切の腰に両手を回す。バイクが発進したときには、安堵した自分に気づいていた。

しばらくすると、見慣れない景色にはっとする。さらに五分ほど走り、バイクが停まるのを待って抗議した。

「どこ？　送ってくれるんじゃなかった？」

小田切は駐車スペースにバイクを押し込みむと、目の前の古いアパートの外階段を上がり始める。

「おまえんち、知らねえし」

これには唖然とせずにはいられなかった。

「だったら、聞いてくれればよかったし。どうするんだよ」

小田切の後ろを追いかけて外階段を上がりながら、顔をしかめる。教えていないのだから知らないのは当然だが、こんなところへ連れてこられるとどうしても警戒してしまう。

さっきは遠藤から逃れるために小田切のバイクに乗ったけれど、あくまで消去法であって、小田切を信頼しているわけではない。

小田切は二階の一番奥のドアを開けて、中に入った。

「ちょ……」

勢いで倣ったものの、それ以上どうしていいかわからず三和土《たたき》で立ち止まる。手前に六畳程度の洋室――と、襖の向こうには畳が見えた。

「もしかして……小田切の家?」

とは聞いたものの、家というにはあまりにも簡素だ。入ってすぐの台所にはコップと空のペットボトルくらいしかないし、壁の隅にはダンボール箱がそのまま置いてある。

事情があってひとりで暮らしているにしても、殺風景で、まるで引越し前後の部屋を見ているようだ。

「あとで送ってやるから、心配するな」

小田切はブレザーを脱いだ。なぜ小田切が自分を自宅に連れてきたのか、それがわからずに裕紀は戸惑っていた。

「いいかげんコンビニ弁当も飽きたな。ファミレスでも行くか」

だが、その一言で察する。小田切は、こちらの事情を知っているのだろう。

「誰かに聞いた？」

苛々としながら前髪を掻き上げる。

「なにが？」

そら惚ける小田切にむっとしつつ、あえて裕紀は笑ってみせた。

「俺のことを可哀相だって想ってるのかもしれないけどさ、そんなの、ぜんぜんなんだよ。放っといてくれないかな」

よくある話だ。

父親は仕事人間で、物心ついたときにはすでに家庭内別居状態だった。去年、やっと離婚してくれたが、ひとり息子を押しつけ合って周囲を巻き込んでの泥沼に発展したせいで、学校の知るところとなり、以来、「あの吉岡か」となにかと同情された。

クラスメートも同じだ。表向きは親しいそぶりで接してきておきながら、陰で「あいつ、父親にも母親にも捨てられたらしいぜ」と笑っているのを聞いたとき、いろいろなことがばからしくなった。

三ヶ月の不登校の後、高校を中退して働くと祖父母に言ったが、大反対され、転校することで妥協した。居候の身で強行するほどの根性などなかった。

「俺は少しも自分を可哀想だなんて思ってなかった。こんなの、よくある話だろ」

うんざりだ。せっかく学校を変わっても小田切の耳に入ったのなら、噂は広まっていると考えたほうがいいだろう。

「吉岡」

歩み寄ってきた小田切が目の前に立った。裕紀は顎を上げ、十数センチ高い小田切の顔を睨みつけた。

「俺は吉岡の事情なんて知らないし、べつに可哀相だとも思ってない。たまには他人と飯を食いたかった、それだけだ」

ぽんと肩を叩かれて拍子抜ける。思いのほか気が昂ぶっていたらしく、ばつの悪さにうつむくしかなかった。

奥の部屋に入ってシャツとパンツに着替えて戻ってきた小田切は、裕紀にもトレーナーを差し出してくる。

「上だけでも着替えれば？」

確かに食事をするなら制服は窮屈だ。促されるままトレーナーに袖《そで》を通すと、意外にもちょうどいいサイズだった。

「これ、小田切のじゃないよな」

「弟のだ。四つ下の」

小田切が二年留年しているのが事実であれば、四つ下の弟なら裕紀にとってはふたつ下になる。弟がいるとは知らなかった、そう言おうとして、口を噤《つぐ》む。

自分が知らないのは、弟のことに限らない。知ろうともせずにいたのだから当然だ。

「弟さんは、ここにも来るんだ？」

「ああ、たまにな」

それならなぜ小田切はひとりアパートに住んでいるのだろうか、今度はそんな疑問が頭をもたげてくる。

「出るか」

歩いて四、五分のファミレスに向かう。

窓際のテーブル席に向かい合って座ってから、そういえば自分も他人と食事をするのは久しぶりだと気づいた。いつもひとりなので、誰かとご飯を食べるという行為自体神経を使う。

たいした話もせず、というよりいまさら小田切と話すこともないので、落ち着かない気分でほとんど機械的にフォークを口に運んだ。

小田切が和風ハンバーグセットで、自分はナポリタン。

ふたりとも無言で十分後には食べ終わっていて、滞在時間わずか三十分あまりでファミレスをあとにした。

小田切の部屋に戻ると、すぐに裕紀はまた制服を身に着けた。

「帰る。送って」

鞄を手にして、片足を靴に突っ込んだとき、腕をぐいと引かれてバランスを崩した。

「……厭だっ」

背後から抱き寄せられ、身を捩《ねじ》って抗《あらが》う。体格差と腕力の差は歴然としていて、なんなく拘束されてしまった。

幾度となく寝たのだから、いまさらだ。そう思うのに、どうやら自分はこうなることを想定していなかったらしい。いつもとちがうことをしたせいなのか、小田切のテリトリーだからか、理由はわからないが、拒絶したのはこれが初めてだ。

顎を捉えられてすぐ、小田切の唇が近づいてくる。

「待……っ」

だが、触れる寸前にテーブルの上の携帯が鳴った。

小田切は舌打ちをすると、あっさり離れる。ほっとした途端気まずさを覚え、仕方なく小田切の様子を観察した。

「ああ、わかってるって」

小田切の双眸が少しやわらいだのを、裕紀は見逃さなかった。

「今度の土曜だろ？　忘れてないから」

変だ。小田切の素の状態の顔を初めて見る。声にも親しみがこもっている。それ以前に、携帯が鳴ったくらいであっさり中断したのも小田切らしくないと思う。

「ああ、じゃあな。ちゃんと断ってから来いよ」

小田切は携帯を切り裕紀に向き直った。自覚がないのか、学校ではけっして見せないやわらかな表情のままで、

「弟だ」

とそう言ってきた。

「へえ」

気のない返事をする。実際、相手が誰であろうと自分には関係のないことだ。

「仲いいんだね」

「普通じゃないか？　土曜日、俺がちゃんとバイト休みとってるか、その確認でかけてきたんだ」

「わざわざ？　まあ、どうでもいいけど」

自分からすれば、弟が遊びにくるという理由でアルバイトを休むのも、それを電話で確認してくるのも「普通」のことではない。もっとも兄弟どころか親もいない自分が「普通」を語ろうなんて無理な話だろうが。

ふいに小田切がにっと唇を左右に引いた。やはりいつもとはちがい、どことなく表情が穏やかだ。

「……なに？」

「いや、妬いてるみたいだと思って」

「え、妬いてる……って、なに言ってるんだよ。なんで俺が……っ」

想像もしていなかった小田切の言葉に狼狽え、強く否定する。

「だから思っただけだって」

あっさり退かれるとなおさら気になり、ばかじゃないの、と小さく吐き捨てた。

「タイムリミットだ。送る」

六時半。七時からバイト、と小田切が言った。

それなら、さっきのは本当にキスだけのつもりだったのか。最初にそれを気にした自分に、頬が熱くなった。

先に靴を履き、玄関を出る。あとから出てきた小田切の存在を意識しながら。

ひとり暮らしをしているからと言っても、家族と断絶しているわけではなさそうだ。電話くらいであんな表情をするのだから、少なくとも兄弟仲はいいのだろう。

何度も身体は重ねたくせして、なにも小田切のことを知らない。

なんのバイトをしているのか。どうしてひとり暮らしなのか。二年留年したというのは本当なのか、だとしたら理由はなんなのか。章子とはどういう関係なのか。

これまでなにひとつ小田切は言わなかったし、こちらからも問わずにきた。

なにより変なのはこの関係だ。小田切がどうして続けるのか、正直なところ自分には見当もつかない。小田切ならば、そういう相手に不自由することはないはずなのに。

「…………」

だったら自分は？　自分はなぜ拒否しないのだろう。最初のうちはすごく恐かったし、言ったところで無駄だと決めてかかっていた。

だが、いまはどうだろう。

小田切のことをまったく恐れていないわけではないが、普通に話すことはできる。

もしいま、もう厭だと拒絶したなら小田切はなんと答えるのか、じつのところ想像もつかなかった。

怒って、無理強いしてくるか――いや、きっとちがう。これまでも強要されたことは一度もなかった。

でも、それはこっちが抵抗らしい抵抗をしなかったからで……もししたら小田切は……。

「どうした？」

「え」

目を上げると、すぐ目の前に小田切の顔があった。

「さっきからぶつぶつ言って、なんだよ」

裕紀はかぶりを振った。

「なんでもない」

「そう？」

一言返しただけで、小田切は部屋を出ようとする。その背に視線を向けると、裕紀は口を開いた。

「バイトって、なんのバイト？」

自分の質問はそれほど驚くようなことだろうか。振り返った小田切は、意外だとでも言いたげな目つきで見てくる。

「……べつに、言いたくなければいいけど」

関係ないし、と続けたが、聞かなければよかったと内心では少なからず後悔していた。実際、小田切もそう思っているから怪訝な表情をしたのだろう。

ふいと視線を背けたのは、顔を合わせていたくなかったからだ。

「居酒屋」

それを知ってか知らずか、小田切が平然と答えた。

「週五で、わりとバイト三昧だから、他人を連れ込む暇も体力もないな」

これはどういう意味なのか。思案するうちにも、言葉は重ねられる。

「べつに親と不仲ってわけじゃない。というか、学費払ってんのは親だから。俺が勝手に家を出たから、自己満足で生活費を自分で稼いでるってだけだしな。いろいろ勇ましい噂があるみたいだけど、実際はこんなもんだ」

苦笑する小田切に、裕紀は視線を戻す。高校生のひとり暮らしと聞くと、さぞ乱れた生活をしているのだろうと誰もが想像するし、自分もそうだったが、どうやら勘違いらしい。現実問題、学校を終えてからのアルバイトとなると、小田切の言うとおり忙しくて時間のやりくりが大変なのは想像に難くない。

「小田切はなんで二年……」

そこで言葉を呑み込んだ。こんな質問、興味本位でしていいかどうか思案するまでもなかった。

自分には関係ない、という以前にあまりに不躾すぎる。急にどうして問おうとしたのか、変なのは小田切よりもむしろ自分のほうだ。

「送って」

裕紀は足早に部屋を出ると、バイクで家まで送ってもらう。バイクで走ること十数分、新興住宅街の中ほどにある自宅の前でバイクを降りる。

ヘルメットを脱いで小田切に手渡すと、なぜか小田切もヘルメットを外して裕紀の顔を覗き込んできた。

「一年の秋に、事故で死にかけた。二年の留年はそのせいだ」

「…………」

予想だにしなかった一言に、返事もできず小田切を見つめる。

「知りたいか？」

「…………」

「俺の話を聞く気があるのなら、土曜に会おう」

胸の奥が痛くなる。鷲掴みにされたような、なにかで突かれたような痛みだ。それがどうしてなのかまだわからない。

が、小田切の話を聞けばわかるのではないかと、そんな予感がした。

頷きそうになったとき、ふと、さっきの電話を思い出す。

「土曜日、弟が来るって」

「断る」

今度は躊躇《ためら》わなかった。

「いいよ、そんなの。俺には関係ないし」

かぶりを振ると、すぐに背を向ける。

急に不安になった。なにが不安のかはっきりしないが、小田切が弟との約束を撥《は》ねつけてまで自分のことを話そうとする、それを考えると不安がこみ上げてくる。

「そうだな。確かに吉岡には関係ない」

ヘルメットを被った小田切は、その一言だけでエンジン音を轟かせ去っていった。あっという間にテールランプは小さくなり、角を曲がったせいで見えなくなった。

それでも気は晴れないまま玄関の鍵を開けて中に入った途端、リビングダイニングから出てきたのは父親だ。

そうか。今日は水曜日か、と思いつつ足を階段へ向ける。

「おかえり」

「うん」

「夕飯は？」

「食べてきた」

どういう心境の変化なのか、息子を祖父母に押しつけておきながら、最近になって週に一度顔を見に寄るようになった。不登校からの編入と知って、なにか仕出かされたら外聞が悪いと案じているのだとすれば、ずいぶん身勝手な話だと呆れてしまう。

いまさら父親面《づら》されても迷惑なだけだ。

「バイクで送ってもらったのは、友だちか」

小田切は友だちではない。返答せずにいると、父親はさらに的外れなことを聞いてくる。

「小遣いは足りてるのか？」

「おかげさまで」

祖父母には感謝している。高校を卒業したら就職して、ふたりを安心させたいというのが唯一の目標だ。

半面、父親が来るたびに、親子水入らずでと祖父母がふたりで外食に出かけることについては自分からすればよけいな気遣いだった。

「もう二階上がっていいかな」

「あ、ああ。すまん」

階段を駆け上がり、部屋に入ってすぐベッドにごろりと寝転んだ。

「バッカじゃねえの。すまんって、なにに対して謝ってるんだよ」

滑稽だ。父親も、自分も。

負い目から息子になにも言えない父親と、粋《いき》がって背を向けることでやり返しているつもりの自分と、どちらがより滑稽だろうか。

——俺が勝手に家を出たから、自己満足で生活費を自分で稼いでるってだけだしな。

小田切のこともそうだ。どうしてひとりで暮らしているのか、事故で死にかけたというのは関係あるのか、本当は気になってたまらないのに興味のないふりを装った。

他人の過去を、秘密を知ってしまったら、そのひとのなにかを背負わなければならないような気がして、自分はそれが恐かったのだろう。

ようは、臆病者なのだ。

下にいる父親の顔を思い浮かべた。

父親が、息子の秘密を知ったときにどういう態度をとるか予想するのは存外難しい。もう何度も同級生と、同性とセックスをしていると知ったら、なんと言うのか。

——俺、男とやってるんだ。べつにゲイわけじゃないし、セックスしたいわけでもないけど。

あけすけな告白に、父親は一瞬言葉を失い、それから青い顔でこう尋ねてくる。

——虐《いじ》められてるのか？　なにか、脅されてそんなことを強要されて……。

——ちがうよ。

自分は薄ら笑いを浮かべて、肩をすくめる。

——虐められても脅されてもないんだけど、どうしてか寝ちゃうんだ。

——裕紀……。

父親の声は震え、上擦る。どうかたちの悪い冗談でありますようにと祈りを込めた瞳で見てくる。

——す……好きなのか、その男が。

裕紀はベッドの上で寝返りを打った。なんの妄想だ、とあまりのばかばかしさに噴き出すと、ついでに声を出して笑ってみる。

——好きなのか、その男が。

「好き？　冗談。だから、ゲイじゃないって」

むしろ、小田切が傍にいると調子が狂ってしまう。本当は近寄りたくない、話したくない、顔も見たくない。

「好きなわけねえじゃん」

天井に向かって吐き出した。

「嫌いだよ、あんな奴」


担任の副島《そえじま》に呼び出されたのは、翌々日の金曜日だった。ＨＲが終わってすぐに声をかけられ、そのまま生徒指導室に連れていかれると、椅子に腰かけるや否や切り出された。

「一昨日はどうしたんだ？」

無断で早退した件なら注意されるだろうとわかっていたので、先回りをして謝罪する。

「急に調子が悪くなって、許可をもらうところまで頭が回りませんでした。すみません」

三十代半ばの副島は、声のトーンを抑えてこちらへ身を乗り出す。そのぶん裕紀は身体を退いて、同じ距離を保った。

「小田切と一緒だったのか」

「…………」

お喋りな数学教師め。

裕紀は小さく舌打ちした。

「最近、小田切のグループと一緒にいるという噂を耳にしたぞ。なにか困ったことになっているんじゃないか？」

当然、副島も生徒の事情や家庭環境は把握しているはずだ。微かに曇った表情に、同情が滲む。半面、自分のクラスは何事もないようにと探りを入れてきているにちがいない。

「困ってることなんてないです」

そもそも小田切のグループという言い方に違和感がある。小田切は大概ひとりでいるし、遠藤たちが一方的に寄っていっているイメージだ。

「本当か？　俺には、取り繕う必要はないんだぞ」

「本当です。それに、小田切くんたちとそれほどつき合いないですから」

あからさまに副島が安堵の表情を見せる。どうやら副島も小田切が苦手なようだ。

もっともその気持ちはよくわかる。留年しているうえに、どんなときも、誰に対しても態度を変えない小田切は教師たちには扱いにくい存在だろう。

「まあ、それならいいが……教師の立場ではあまり大きな声では言えないがな。あいつらとはつき合わないほうがいいぞ。小田切は、一年のときに仲間と集団でバイクに乗っていて、大怪我を負ってるんだ。そのときに、ひとり死者も出た」

「……え」

一瞬、自分の耳を疑い、ここに来てから初めてまともに副島の顔を見た。

「死者？」

「ああ。バイカーだかなんだか知らんが、ツーリングだとかなんとか言っても、街中を走らないだけで暴走族みたいなものだろ。曲がりくねった山道でハンドル操作をミスしたあげくの大事故だ。小田切も大腿骨と肋骨を折って、内臓も傷つけたって話だぞ。よくもまあ後遺症がなかったもんだ。それにしても、門戸の広い校風っていうのが仇になったよ。まさか小田切が復学してくるとは誰も思わなかったんじゃないか」

お喋りな副島は、一気にそこまで話すと口許に嗤笑《ししょう》をひっかけた。

留年した理由については知りたいと思っていたとはいえ、本人以外の口から聞くつもりなどなかったのに。

しかも仲間を亡くしているなど——あまりのことに返事もできない。

「ま、そういうわけだから、今後も気をつけてくれ」

わかったな、と肩を叩いて副島が立ち上がる。黙ったまま裕紀も腰を上げると、生徒指導室をあとにした。

「…………」

ひどい気分だ。勝手に知ってしまった後ろめたさと、想像の範疇を超えた事実へのショック。それらがない交ぜになって、混乱する。

「吉岡」

鞄をとりに教室へ向かっていたとき、廊下で町田と鉢合わせる。

「副島、なんだって？」

どうやら偶然ではなく待ち伏せしていたらしく、町田は開口一番でそう問うてきた。

「たいしたことじゃない」

足を止めずに答える。

「一昨日の件だろ。小田切さんのことも、なにか言ってたんじゃないのか？」

心底小田切を気にかけているのが、表情で伝わってくる。最初から町田ひとり、他の者たちとはちがっていた。

「町田は——小田切ならいいんだ？」

質問の意味がわからないのか、町田がきょとんとした顔で目を見開く。

歩きながら、ずっと疑問に思っていたことを口にのぼらせた。

「町田、あのとき止めてくれようとしたよね。いまでも遠藤が俺に近づくの、よく思ってないみたいだし」

「それは……」

「でも、なんで小田切ならいいわけ？　俺にしてみたらどっちだって同じことじゃん。どうせなら最後まで止めてほしかったって、町田のこと、俺、恨んでるかもよ」

どうやらそのことに初めて思い至ったのか、町田がその場で固まる。合わせて待つつもりはなかったので、構わず町田をそこに置き去りにした。

鞄を手にしたあと昇降口で靴を履いていたとき、背後から肩を叩かれる。振り返ると、そこには遠藤と、いつもの仲間ふたりがいた。

「ゆーきくん。遊びましょ」

遠藤のノリは苦手だ。無視して足を踏み出す。

「待てって」

腕を掴んできた遠藤がもう一方の手で長めの髪を掻き上げながら、にっと笑みを浮かべた。

振り払おうとした裕紀だが、

「小田切に頼まれたんだよ。裕紀くん呼んでこいって」

遠藤のその言葉に動きを止める。小田切が遠藤を使って呼びつけるだろうか。考えてみるまでもなかった。

「話があるってよ。呼び出し食らったあとだからな。一緒にいるところを見られないよう、あいつもそのへん気ぃ遣って、俺らに頼んできたってわけ」

「…………」

仮に小田切が頼むならおまえじゃなく町田だろ。心中でそう返しながら、裕紀が考えていたのはまったく別のことだった。

――俺の話を聞く気があるのなら、土曜に会おう。

小田切のあの一言だ。

「来るっしょ？」

他に気をとられていたせいで、腕を振り払うタイミングを逸した。教師に呼び出された直後で騒ぎ立てるのは躊躇われ、三人に囲まれる格好で昇降口から移動する。

目的地はどうやらクラブハウスのようだった。

本音を言えばまだ少し恐い。あの日以来、クラブハウスは地雷も同然だ。近づかないようにしていたのに、迂闊にもこんなはめに陥ってしまった。

どこかで逃げる機会を窺っていたが、遠藤の手は痛いほど腕に食い込んでいる。

ちょうど部活の最中で、今日もクラブハウスの前に人けはない。元野球部のクラブハウスが視界に入ってきた瞬間、自覚していた以上にこの場所に嫌悪感を植えつけられていたと悟った。

「嘘、だよな……小田切はいないんだろ」

いつもは町田が持っている合鍵で、とり巻きのひとりの林《はやし》が扉を開ける。まだ数メートル距離があるにもかかわらず、汗と埃の匂いが漂ってきたような感じがした。それとともに前回の出来事が思い出され、身体がすくむ。

「俺は、入らないから」

情けなさで全身が震える。いくら平気なふりをしたところで、この体たらくだ。遠藤たちを前にして委縮し、まともな抵抗ひとつできない。

「無駄だっての」

普段の軽薄な調子のまま、くくっと遠藤が笑った。

「子羊ちゃんは、どうやっても狼に食べられちゃう運命なんだって」

両脚を踏ん張り、遠藤に向き直る。前のときのようにパニックになるような真似だけは避けたかった。

「……しつこすぎない？」

遠藤が自分に執拗に絡んでくる理由は、おそらく小田切だ。小田切の鼻を明かしてやりたいという思いからに決まっている。

「だって、本来裕紀くんは俺のものだろ？」

あくまで軽いノリを崩さない遠藤を前にして、苛立ちがこみ上げてきた。そのおかげで怖さが薄れ、裕紀は三人を見据《みす》えた。

「俺、さっき副島に呼ばれた。遠藤たちのことを聞かれて、適当にはぐらかしたけど、今度は言うよ。俺になにかしたら、副島に逐一報告するから」

これ以上目をつけられるのは困るはずだ。

だが、小首を傾げた遠藤は、すぐにまたにやけた顔になった。

「なあんだ。裕紀くんの恥ずかしい写真でも撮って口止めしようと思ってたんだけど、どうやら必要ないみたいじゃん」

写真という一言に息を呑む。遠藤ならやりかねない。

「どういう……意味だよ」

「そのままの意味。裕紀くん、絶対言わないね。だって副島に喋ったら小田切にも知られるかもしれないだろ？　裕紀くん、俺にいろいろされて小田切に知られたら厭だよな」

「……なに、言って」

否定の言葉が喉で引っかかった。戸惑ううちにも、林ともうひとり、杉本《すぎもと》に両脇を抱えられて遠藤の座るテーブルまで引き立てられ、この前と同じように押さえつけられる。

「続き、しようか」

遠藤が裕紀のブレザーに手を伸ばし、前を開いた。まるで見せつけるかのような手つきでネクタイを解き、なんなくシャツの釦も外していく。

「……離せっ」

「暴れると、噛んじゃうよ」

いきなり胸の先に歯を立てられ、息を呑む。その後熱い舌が、そこをねっとりと舐《ねぶ》ってきた。

「ううう……いや……っ」

身を捩り、足をばたつかせる。せめてもと闇雲に暴れて、遠藤の腹や大腿を蹴った。

「痛えだろ」

容赦なく手のひらが飛んでくる。一瞬眩暈がしたくらいで、痛みはそれほど感じない。痛みを感じる余裕もなかった。

裕紀は遠藤を睨み、血の混じった唾液を顔めがけて吐き出かけた。

「なにするんだ、てめえっ」

遠藤の眦が怒りに吊り上がる。

「どうせ小田切に足開いてんだろ。いまさらもったいぶるんじゃねえよ。それとも、小田切じゃなきゃ厭って？　気持ちわりい」

「あんたが厭だって言ってるんだよ！　あんたなんか、小田切の付録じゃないか」

火に油を注ぐとわかって放言すると、一度目より強い平手打ちが飛んでくる。こぶしではなく平手であることが見下されている証拠のようで、なおも裕紀は遠藤に噛みついた。

「俺のことなんて本当はどうでもいいんだろ。俺をダシにして、小田切の気を引こうとしてるだけだよな」

「うるせえッ」

胸倉を掴まれて揺すられる。怒りに我を忘れた遠藤は、裕紀の後頭部を何度もテーブルに打ちつけ始めた。

「死にたいらしいな」

瞼の裏にちかちかと火花が散った。不思議なことに頭の隅のほうで、瘤《こぶ》ができたらどうしてくれると、この場に相応しくない悠長なことを考える。

「え、遠藤さん……ちょっとマズイっすよ」

杉本が口を挟んだ。同時に押さえつけられていた手も緩んだのだが、裕紀に逃げるだけの余力はもう残っていなかった。

後頭部を打ったせいか発熱したときのように視界がぼんやり霞む。

「小田切さんにバレたら……」

いまさらのように言った林に、遠藤が目を剝いた。

「うるせえ、小田切がどうした！　俺に口出しすんじゃねえっ」

抵抗できなくなると、スラックスと下着を一緒に脱がされる。なんとかしようと思うが、身体を捩るだけで精一杯だ。

両脚を割られ、剝き出しになった大腿の間に遠藤が身体を入れてきても、どうすることもできなかった。

「い……やだ……っ」

「うるせえんだよ」

「……なせ」

おそらく遠藤も意地になっているのだ。遠藤の表情にはもはや苛立ちしかない。

「力抜け。入んねえだろ…くそっ」

「いやだ。助けて……おだ……ぎ」

名前を呼んだのは、ほとんど無意識だった。が、

「来やしねえよ」

半笑いで否定されて、火に油を注ぐと承知していながら、悔しさから今度は力の限りその名前を叫んだ。

「小田切！」

「あきらめろって言ってるだろ」

甲高い笑い声が打ちっぱなしのコンクリートに反響する。こんなのどうかしてると思った矢先、遠藤の笑い声がぴたりと止まった。

同時に、怒りと苛立ちばかりだった顔にも狼狽が浮かぶ。

「……っ」

林と杉本に至っては、一言も発しない。

なにがどうなっているのかと、三人の視線の方向へ裕紀も顔を向けた。

「……小田切」

確かに名前を呼んだ。が、当人が現れるとは、つゆほども期待していなかった。当然だろう。こんなところに来ると、一言も言っていないのだから。

二度と開かないような気がしていたドアが大きく開いて、町田と、それから小田切がそこに立っているのを半信半疑で見ていた。

「合鍵つくったときのマスター、まだ持ってたんだよ」

町田が胸を張って低く告げる。頬を引き攣らせた遠藤はへらりと口許を歪めると、いつもの軽い調子で取り繕った。

「あー……なんだよ。ほんの冗談だって……お、小田切もこんな奴相手にマジになることねえよな」

返事をせず大股で歩み寄って来た小田切は、落ちていたスラックスと下着を拾って手渡してくれる。よほどひどい顔をしているのか、裕紀を見て眉をひそめた。

「ていうか、からかっただけだから。こいつ、生意気だからちょっと恐がらせてやろうと――」

それ以上、遠藤は喋れなかった。

がつっと鈍い音がするや否や、遠藤の身体は壁まで飛んだ。背中をぶつけ、転がった遠藤を、なんの感慨もなく目にしながら裕紀は身体を起こす。

二度も理不尽な思いをさせられた身としては、一発や二発殴られる程度では足りないくらいだ。

小田切は、うめきながら蹲っている遠藤の胸倉を掴んで無理やり立たせる。歯が折れたのか、遠藤の口から血が垂れていた。

「……痛えし……にするんだよ」

軽いノリはそのまま、血で汚れた口許を拭いもせず力なく遠藤が訴える。反して、遠藤を見下ろす小田切の双眸はぞっとするほど冷ややかだった。

「手を出すなって言ったよな」

「あ、ああ。言ったな……俺が悪かったって」

謝罪する遠藤に小田切は眉ひとつ動かさない。冷たい表情で蠅でも払うように腕を振ったせいで、遠藤はふたたび足元に転がるはめになった。

林と杉本は終始呆然と立ち尽すばかりだ。

「吉岡、出るぞ」

乱れた服を直し終えるとすぐ、町田に腕を引っ張られたが、裕紀はかぶりを振った。

「放っとけないよ」

平凡な学生の自分からすれば、この場に残るリスクを考えると不安しかない。それでも、放って逃げ出すわけにはいかなかった。

「ここにいたら吉岡もまずいって。連れて出るように、小田切さんから頼まれてるし」

そう言って強引に外に連れていこうとする町田の手を、裕紀は振り払った。

「ひとりで行って」

「……吉岡」

これ以上遠藤に怪我をさせるわけにはいかない。遠藤のためではなく、小田切のために。

「小田切を、やめさせないと」

冗談じゃない、と慌てた様子で町田が止めてきた。

「無理だって。吉岡になにができるっていうんだよ。あのひとたちの間になんか入ったら、おまえじゃ、下手したら死んじまうぞ」

町田の言葉は正しいのだろう。だとしても、どうして自分だけ知らん顔をして出ていくことができるというのだ。

「無理でも止めなきゃ」

苦い顔をした町田だが、それ以上口出してくることはなかった。裕紀は覚悟を決めて、歯を食い縛ってふたりに近寄った。

容赦なく遠藤の肩を靴で踏みつけた小田切が、次には蹴り上げた。

「小田切！　もう、いい」

叫ぶと同時に後ろからしがみつく。

「これ以上やったら、遠藤が死んじゃうって」

いままさに振り下ろされようとしていた足が、ぴたりと止まった。それは遠藤を避け、床を思い切り踏みつけた。

「――小田切」

小田切が、肩越しに見下ろしてくる。知らない人間に向けるような冷たい目つきに、一瞬たじろいだが、自身を鼓舞して再度呼びかけた。

「小田切」

冷めた表情に反して、昂揚しているようだ。小田切の胸は上下し、呼吸もいくぶん荒い。

「小田切、もう出よう」

何度目かになる呼びかけに、ようやく視線が合った。「吉岡」と名前を口にすると、冷たく見えた瞳にも熱が戻り、それを確認した裕紀はほっと息をついた。

「……そうだな」

その一言で、小田切は先にクラブハウスを出ていく。

遠藤たちを放っておいていいものかどうか迷ったが、町田が任せとけと言わんばかりに自身の胸を叩いたので、裕紀もその背を追いかけた。

まっすぐ菫へ向かい、勝手口から入ると、いつものように小田切が「章子」と声をかける。

章子も、普段どおりの咥え煙草で怠そうに階段を下りてきた。

「そんな大声で叫ばなくたって――」

直後、章子の表情が一変する。

「その顔、どうしたの？」

心配そうな顔をされたのは意外だったが、自分が殴られたことを思い出した途端に、ずきずきと痛み始める。

「ちょっと、あって」

手のひらを痛む頬にやった裕紀は、

「上にいらっしゃい」

章子のその一言に素直に従った。

部屋に入って救急箱を用意した章子の手当を、複雑な気持ちで受ける。時折傷が染みて痛んだが、小さく呻くと呆れた顔をされた。

「我慢しなさいよ、男でしょ」

と言って。

その言い方がやけに馴染んでいることも不思議だった。

「ありがとう、ございます」

鏡台の鏡に映った顔はひどいものだ。頬は腫《は》れ、口許は赤黒く変色している。家に帰ったらきっと祖母がおろおろするな、とうんざりした裕紀だが、一方で妙な心地も味わっていた。

これまで、誰かと喧嘩をしたことはない。当然、殴られたのも初めてだ。まさかこんな日がくるなんて、想像もしていなかった。

なぜかむしょうにおかしくなり、思わず噴き出す。

「……うっ」

たちまち口元に痛みが走り、慌てて真顔を作った。

「ばかね」

ふいに目を細めた章子にどきりとして、じっと見返す。笑っているのに、どこか寂しそうだ。

「弟もよくあちこちに怪我して帰ってきたな。ちょうどここで手当する間『痛え痛え』って大騒ぎするくせに。だったら怪我なんかするなって話よね」

裕紀の視線に気づいたのか、そこで口を閉じると章子は立ち上がった。やっぱり慣れていたんだ、と合点がいったのだが。

「一緒に住んでないんですか？」

この問いには答えず、章子は救急箱をもとも場所にしまう。

「お腹すいてるでしょ。買い物してくるから、ゆっくりしていきなさい」

辞退しようとしたのに、その前に小田切が答えた。

「悪いな」

「ひとの部屋をさんざん利用しといて、いまさらよく言うわね」

章子の一言には、平静ではいられない。あらためて考えてみるまでもなく、自分たちのやっていることはあまりに厚顔——恥知らずにもほどがある。

小田切にも自覚はあるのだろう、ばつの悪い顔をしてこめかみを掻いた。

その表情に親しさが垣間見えた気がして、うっかりよけいなことが口をついた。

「小田切と章子さんって……」

いったいなにを聞こうとしたのか。一番驚いたのは裕紀自身だ。

「なんでもない」

即座に取り繕ったものの、ふたりにはわかったはずだ。なんとも言えず気恥ずかしさを覚えて視線を落とした裕紀だったが、この後、思わぬ言葉を耳にする。

「弟の親友だったのよ」

答えたのは章子だ。それだけであとはなにも言わずじまいで、部屋を出ていった。

「……弟の、親友」

なにかが引っかかり、思案する。章子の言動。小田切の態度。ふたりの様子。

まだ考えがまとまらないうちに、階段を上がってくる足音に邪魔される。

町田だった。

「遠藤さん、うちの病院連れていきました。たぶん、入院の必要はないと思います」

町田は、律儀にも自分たちふたりの鞄を持ってきてくれたようだ。

「世話をかけた」

小田切の謝罪にも、

「ぜんぜんっす」

焦った様子で、顔の前でぶんぶんと手を振る。まるでご主人様の前で千切れんばかりに尻尾を振る犬だな、と町田を見ているとずいぶん気が楽になった。

小田切は、ちょっと電話してくると階下に下りていった。

畳の上にどさりと胡座をかいた町田は、裕紀を見ると痛ましそうに鼻に皺を寄せ、ため息をつく。

「災難だったな。遠藤さんも悪いひとじゃねえんだけど、ちょっと捻じ曲がってるとこあるから」

まさにそうだ。遠藤は、捻じ曲がっているという言い方がしっくりくる。

「それって、小田切に対してだけ？」

「わかりやすいんだけど、あのひと、表現がいまいち下手なんだよ。遠藤さんはたぶん、小田切さんと一緒に走りたいんだと思う」

「走りたい？」

「そう、小田切さんと真辺《まなべ》さんはもうオレらのなかじゃ不動のリーダーだったから。まあ、オレはまだバイク乗れる歳じゃなかったから、指を咥えて見てるだけだったけど。みんなで集まってツーリングとかして、めちゃくちゃ愉しそうだった。あ、レーサーになったひともいるんだぜ？」

「…………」

真辺さんというのは誰だろう。

「遠藤さんもさ、ふたりに憧れて、免許取る前からバイク買って……結局一緒には走れなかったな」

町田は、らしくない表情で目を細めた。なにを思い出したのか瞳が曇り、あからさまに肩が落ちる。

「町田」

裕紀が声をかけると、はっと我に返ったように瞬きをし、その後はいつもの気のいい町田に戻った。

「それにしても驚いた。吉岡、すげえよ。小田切さんって滅多にキレることもねえけど、あんなになったあのひとを止めれる奴、オレ初めて見た」

「町田が小田切を呼んできてくれたんだよね。助かった」

町田はかぶりを振る。

「オレは遠藤さんに鍵貸せって言われて、なにも思わずに渡しちまったんだよ。小田切さんが吉岡のこと探してて、そんで鍵のこと言ったから」

「……そうなんだ」

唇に何度か歯を立て、迷いながら裕紀は切り出した。

「町田、真辺さんっていうのは……」

けれど、最後まで言えなかった。小田切が戻ってきたからだ。すぐに町田は腰を上げた。

「じゃ、オレ帰ります」

「ああ。親父さんによろしく伝えてくれ」

「うす」

町田がいなくなった部屋で、小田切を前になにを話せばいいかわからず目を伏せる。向かい合っている理由もなくなって、鞄に手を伸ばした。

「じゃあ……俺も帰るから」

「吉岡」

その手を掴まれ、腰を上げ損ねる。

「……なに」

「今夜、うちに来るか」

その瞬間、胸の奥がずきりと痛んだ。

「また……他人とご飯が食べたくなって？」

「まあ、それもあるな」

裕紀は小さくかぶりを振った。

「今日は弟が来るんだろ。忘れちゃ可哀相だ」

「断った」

予期していなかった答えに、覚えず小田切をじっと見つめる。

「いま電話してきた」

「……でも」

ふいに、どうしようもなく不安になった。その理由に自分はもう気づいている。

この数日で、いくつか小田切のことを知った。望んで知ろうとしたわけではなく、周囲のお節介な連中が勝手に教えてくれたのだが、たとえそうであっても裕紀にとって小田切はもう、得体の知れない人間ではなくなった。

なにも知らないからという言い訳が通用しなくなるのは、困る。知れば知るほど、まだ知らない部分を考えさせられて不安になる。

なにも知らなかったときのほうがずっと楽だ。

頬を強張《こわば》らせた裕紀に、小田切は苦笑を浮かべた。

「そんな怯えんなって。なにもしないから」

「…………」

「そんな面《つら》で帰ったら、祖母さん、卒倒するんじゃないか？　ひとまず今日は友だちの家に泊まるって電話して、うちに来ればいい」

確かにそうしたほうがいい。明日は休みだし、一晩たてば顔の腫れも多少引くはずだ。そう思うのに、裕紀は黙ったまま、いいとも厭とも答えられない。

しばらく会話が途切れる。沈黙に堪え切れず、先に口を開いたのは自分のほうだった。

「章子さんって」

知らないことはたくさんあるのに、いきなり章子の名前を出してしまい、口ごもる。それきり黙り込んだ裕紀に、小田切が先回りをして答えた。

「秀《しゅう》の姉さんだ。真辺秀」

「…………」

やっぱりそうだった。

副島や町田、章子の話を思い出す。章子は、小田切のことを弟の親友だと言った。

「ふたりでいつもつるんでた。高校一年の秋まで」

小田切の視線がそれる。

その横顔を間近にしてまた不安がこみ上げてきた。

これ以上聞いてしまったら駄目な気がする。他人が勝手に喋るのとはわけがちがう。小田切の口から事実を聞かされるのは、自分にはまだ重すぎる。

「そういえばさっき町田から聞いたんだけど」

話を変えようとした裕紀に目を戻した小田切は、なぜか口許に微かな笑みを浮かべると、突っぱねたにもかかわらず言葉を繋げた。

「でも、もういない。事故で死んだ」

「………」

衝動的に耳を引っ掻いた。本音を言えば、両手で塞いでしまいたかった。だが、すでに手遅れで、たったいま聞いた一言は鼓膜と、脳に刻まれてしまった。

当の小田切は淡々とした口調同様、表情からはなにも読みとれない。

「ガードレールに突っ込んで即死だ。俺もそのとき死ぬはずだった。実際こうして生きているのが不思議なくらいの怪我だったからな。橋向こうの町田病院……町田の親父に命救われて、けどありがたく思うどころか反感しかなくて、二年間、死人みたいにぼうっとして過ごしてた。章子に尻を叩かれて復学するまで」

秀の親友とも思えない。あの子が可哀相だ——そう叱られたのだと、小田切の笑みはひどく苦い。

「なんで、そんなことまで俺に話すわけ……おれには関係ないのに」

胸の痛みが強くなる。到底堪え切れなくて、胸を手で押さえ、小田切の視線から逃れるように前屈みになった。喉の奥がひりひりと焼けつくようだ。

「ああ、そうだな」

卓袱台に頬杖をついた小田切が、覗き込むようにして裕紀を見てくる。

「他人なんか関係ない。なにもかもうざい。放っといてくれ……吉岡はうちの学校に来たときからずっとそんな態度だった」

「…………」

「そのくせときどき、これで正解なのかって問うようにひどく不安そうな目をする。俺はなんとなく気になってて、だからあの日、クラブハウスの前で偶然会ったときは、ちょっとした好奇心だと自分でも思っていた」

胸が痛い。すごく痛い。痛くて堪らない。

「さっき」

小田切は一拍間をあけてからこう続けた。

「遠藤にやられそうになったとき、俺の名を呼んでたな」

「…………」

「どうしてだ」

「…………」

「どうして、関係ない他人を呼んだりするんだ」

「それは……っ」

返事ができずに唇をきつく噛む。自分でもよくわからないのだから、答えられるはずがなかった。

胸の痛みはいまや息苦しいほどで、いっそう背中を丸める。

「だから、それは……」

なにか言わなければと思うのに、考えれば考えるほど混乱する一方だ。

どうして。

どうしてさっき小田切を呼んだのか。必死だったせいかもしれないけれど、だったらなおさら、小田切の言うとおり相手は誰でもよかったはずだ。いや、特定の相手である必要すらない。大声を出して、誰でもいいから気づいてくれればそれでいいのだから。

戸惑う裕紀をよそに、ふたりを隔てていた卓袱台がすいと横に動く。目を瞬かせたあと、少しだけ顔を上げて小田切を見た。

直後、腕を引かれて抱きすくめられる。

「い、厭だっ」

裕紀は抗った。だが、形ばかりの抵抗になる。小田切相手に一度だって本気で抗ったことなどない。

いとも簡単に隣室へと連れ込まれる。

「は……離せ」

小田切は片手ひとつでいともやすやすとこちらの動きを封じると、もう一方で部屋の隅に畳んであった布団を広げる。

「やめろよ……なにす……」

絶対に転がるかと思っていたのに、あっという間に布団に倒れ込んでいた。頭を振って逃れようとしても、顎を掴まれ、噛みつく勢いで口づけられる。

「ふ……っ……ぅん……」

こんなやり方は初めてだ。すべてを奪うような口づけに眩暈がした。

息苦しさから開いた唇に、するりと熱い舌が侵入してくる。口中を隅々まで舐められ、舌を吸われて視界ばかりか頭のなかまで霞んだ。

口先だけで抗ったところで、きっと小田切にはわかっているのだろう。前をはだけられ、大きな手のひらに直接胸を撫で回される頃には、すっかり四肢から力が抜けていた。

唇に走った痛みは、どうやら口の端のテープを剝がされたせいらしい。おそらくまた滲んできただろう血をも小田切は舐めとったが、まるであやされているみたいだと思った時点でどうしようもない。

「厭だったのに」

せめてもの言い訳に、くいと小田切が唇の端を上げた。裕紀に跨がったまま身につけていたものを脱ぎ捨て、上から見下ろしてくる。

その表情、そしてなによりたった二歳の差だとは思えないほど成熟した身体をまともに見返すことができず、裕紀はぎゅっと目を閉じた。

変だ。小田切がいつもとちがう。それともちがうのは自分のほうなのか。

「目を開けろって」

耳元に触れてきた唇が、そう囁いた。厭だと拒絶しようにも、うまく声が出そうにない。

居酒屋でバイトをしながらのひとりで暮らし。弟を可愛がっていて、大事な友だちを事故で亡くして自分も死にかけた、と穏やかな目で語った小田切のことを思うと、急に怖くなってきた。

「抗うな。厭がったところでどうせやる」

「い……まは……」

いまは厭だ。いまじゃなかったら、いつでもいいから。そう言おうにも、まるで喉に蓋でもされているかのように言葉にならない。

結局小さく首を横に振っただけだったが、小田切には伝わったようだ。

「いまがいい」

と、裕紀にとっては無情にも聞こえる一言を発すると、それを実行に移していった。

「……あ」

軽い口づけのあと、唇は肌の上を這い始める。

「や……あ、あ」

鎖骨から胸元を執拗に辿られて、声が止まらなくなる。腹を撫で回していた手が、予告もなしに裕紀の下肢に触れてきた。

「あぅ…っ」

「今日はずいぶん反応がいいな」

揶揄するような声に、かっと頬が熱くなる。いや、頬どころか、すでにどこもかしこも熱い。

「勃起してる」

その指摘に初めて自身の状態に気づいた裕紀は、言いようのない羞恥心に駆られて反射的に顔を腕で隠していた。

挿入する前に一度いかされるのはいつものことだけれど、触られる前からこんなふうになるなど一度もなかった。

しかもそればかりではない。身体の奥が疼《うず》いて、触ってほしいと思ってしまっているのだ。

「今日は……どうかしてて」

懸命に言い訳をしようとするが、それもままならなかった。

「吉岡」

「や」

身体じゅうを弄《いじ》られ、口づけられて簡単に追い詰められる。熱い吐息が性器を掠《かす》めたその瞬間、あまりに呆気なく射精していた。

顔を上げた小田切が驚いた表情をするのも無理はない。

「顔射されたのは初めてだ」

「……っ」

自分でも変だと思うし、恥ずかしい。乱暴な手つきでティッシュを取り出すと、無言で小田切の頬を拭った。

その手を捉えられる。否が応でも見つめ合う格好になり、裕紀は胸を震わせた。

「……小田」

語尾は、小田切の口中に吸い取られた。宥《なだ》めるようで、熱のこもった口づけ。

どうして小田切のキスは突然甘くなるのだろうか。そんなことを思いながら、されるがままになる。

おかしい。本当に自分はどうにかなってしまった。

深くなる口づけに頭の芯が痺れる。軽く性器に触れてきた指が後ろへと滑っていっても、もう抗わなかった。

「……ぅう、ぁ」

小田切は、長くて器用な指を存分に使う。

丹念に潤滑剤が塗り込まれ、入り口を開いて、指がゆっくりと挿《はい》ってくる。それをまざまざと感じながら、自分のものとは思えない声を聞く。

「あ、あ、あ……やっ」

なんていやらしい声だ。そう思うのに、止められない。

勝手に身体が反応し、勝手に声が出る。自分ではどうにもできない。

「感じてるのか」

「え」

抜き差しをくりかえされているうちに、おかしな感覚がこみ上げてくることには気づいていた。が、小田切の問いかけには驚き、即座に否定する。

「ちが……そんなわけ、ないっ」

「でも、こんなだ」

指をさらに奥へと挿入された。そこを擦られると、なんとも形容しがたい感覚に襲われる。

「待……って、それ、厭だ」

やめてほしくて、小田切の腕を掴む。が、構わずそこを擦られてしまい、じわりと涙まで滲んできた。

「ゆ、指抜いて……ほんと、いやだ……あぅぅ」

もうこれ以上は我慢できそうにない。これ以上なにかされたら、きっとどうにかなってしまう。

嫌悪感なんてとっくになかった。わずかに残っていたはずの理性も思考も投げ捨てて、ひたすらやめてほしいと訴えた。

「悪いことしてるみたいじゃないか」

指が体内から去る。ほっとしたのもつかの間、やはりおかしくなったようで、小田切に見つめられ、唇を寄せられただけでどうしようもなくなる。

「隠さないでいいから」

「隠して、なんか……ない」

そう返す間にも、髪を撫でられ、軽く触れるだけのキスをされる。たったそれだけなのに、触れ合った場所が痛いくらいに過敏に反応する。

「……離して」

裕紀は小田切の胸を押し返した。

「こんなの……やっぱり、ちがう」

「やめないから、あきらめてくれ」

両手を取られて重ねられる。宥めるように優しく口づけながら、小田切は指を絡め、ぎゅっと握ってきた。

ほんのわずかの距離で自分を見つめてくるまなざしに、心が震える。視線をそらそうにも、それすらできなくなった。

肌が馴染むと、心まで懐柔《かいじゅう》させられるのかもしれない。正直に言えば、小田切との行為にはすでに嫌悪感はなかった。

「――小田切」

名を呼ぶと同時に、脚が持ち上げられる。急なことに身をすくませたが、それより早く小田切が自身をそこへあてがい、押し開き、内側へ挿ってきた。

「うぅ……う、あ」

強引に揺すり、奥まで進んでくる。考えるより先に身体が無防備に開いて、苦痛に顔をしかめつつも当たり前のように受け入れていた。

「厭、だって言ったのに」

それでも、とりあえず抗議すると、ふっと小田切がやわらかに目を細める。

「俺は、あきらめろって言ったよな」

「…………」

返事をしなかった時点で、了承したも同じだ。きっとそれを小田切もわかっているのだろう。

最初はゆっくりと始め、徐々に動きは速くなっていく。

「や、あ……っ」

変だ。苦しいのに、苦しくない。なにもかもが曖昧になり、身体ばかりが熱くなる。

密着させたまま奥深くを揺すられて、ひっきりなしにあられもない声が出た。

「あ、あぁ、おだ……ぎり……うぅ」

「感じてるんだよ」

「うぅ……んっ、あ、あ」

「ほら、わかるだろ？」

「あ、あぁぁ」

「俺も、すごくいい」

性器に指を絡められた瞬間、我慢できずに勢いよく吐き出した。

その後も容赦なく揺さぶられ、なにがなんだかわからなくなり、気づいたときには小田切に抱き寄せられていた。

胸を占めていたのは、あきらめと、少しの心許なさ。

吐息をこぼした裕紀は、それを伝える代わりに、一言、ひどいと小田切を責めた。


結局小田切のところには泊まらず、あの後すぐバイクで自宅まで送ってもらった。怪我を気取られないよう、体調の悪さを理由に二階の自室にこもり、祖父母とはまともに顔を合わさないようにした。

実際、頭痛に悩まされたし、翌日も食事はドアの前に置いてもらって、一日じゅうベッドの上で過ごした。

そんな調子で迎えた月曜日。

口許の傷はどうしようもないが、顔の腫れがおさまったおかげで好奇の視線にさらされることなく登校した。

小田切とは会いたくなかった。実際、クラスがちがうため一日会わずにいたいと思えばそうするのは簡単で、必要以上に教室から出ないよう努めるだけでいい。などと、朝からそんなことばかり考えていたが、まもなくそれどころではなくなった。

いくら待っても副島が顔を見せず、町田も来ていなかった。

遠藤の件かもしれない。どうやらその予想は正しかったらしく、クラスメートの雑談のなかに「町田」「小田切」の名前を聞く。

居ても立ってもいられなくなった裕紀は席を立つと、教室を飛び出していた。

あれはもともと自分が……いや、遠藤が原因で、小田切は助けてくれただけなのだ。ただ、遠藤が病院に運ばれたのは事実だった。

職員室の前まで来たとき、不穏な空気は廊下まで漂っていた。ドア越しに覗くと、腕組みをした教頭と副島、小田切のクラス担任である鈴木《すずき》の三人と向かい合う形で林と杉本、町田、それから小田切の姿が見えた。

裕紀は静かにドアを開け、中へ入った。

「だから、ただの喧嘩だって。いちいち大げさなんだよ」

町田の吐き捨てるような声が響き、続いて、副島が馬鹿野郎と怒鳴った。

「おまえらがまったくの無傷で、遠藤は欠席してるんだぞ。ただの喧嘩ってことがあるか！」

どうやら集団暴行を疑われているらしい。

脛に傷持つ林と杉本は苦い顔で押し黙ったままだし、小田切にいたっては初めから言い訳するつもりがないのか、あらぬほうを向いて聞き流している。

「オレら頑丈だから、あっさり治っちまったみたいで。遠藤さん、細えから治りも悪いんじゃないっすか」

気を吐いているのは町田だけだ。もちろん小田切を庇《かば》ってのことだろう。

「いいかげんにしないか、町田。町田院長が嘆いてるぞ」

「関係ねえだろっ」

親を持ち出されたときだけ顔色を変えたが、町田のおかげでなんとか場が保てていると言ってもよかった。

「だいたいおまえらは日頃から校則違反ばっかり……知らないと思ってたら大間違いだ。小田切、おまえバイクで通学してるだろ」

小田切は一度教師へ顔を向けたものの、また窓のほうへとやった。

「バイクで通わなかったら学校もバイトも遅刻する」

小田切の返答に、副島が目くじらを立てる。

「言い訳になるか！」

「先生」

裕紀が声をかけると、真っ先に小田切がこちらを向いた。教師や他の者らとはちがって、目が合った瞬間、迷惑だと言わんばかりに眉をひそめる。

「なんだ、吉岡。教室に戻って——」

そこで言葉を切った副島の目が、口許へ注がれる。青黒くなっているし、切れているので一目でなにかあったと察したはずだ。

「遠藤と喧嘩したのは、俺です」

だが、裕紀の告白に副島は笑った。

「まさか。おまえじゃ遠藤にやられるほうだ」

自分でもどうしてこんなことをするのかわからない。そもそも職員室に乗り込むなんて、自分から火の粉をかぶりにいくようなものだ。

「でも、この怪我は遠藤にやられました。だからやり返したんです。俺のことを舐めてて、油断してたから」

「外野がうるせえな」

さえぎったのは小田切だ。言葉どおり、うるさそうに鼻に皺を寄せ、首を左右に傾ける。

「もういい。めんどくせえよ。俺がやった。面が気に入らないってだけで、殴る理由には十分だ」

言質《げんち》をとったとばかりに、教頭と副島が顔を見合わせる。唯一、鈴木ひとり困った様子でこちらを窺ってきた。

「しかし、だったら吉岡の顔は……」

だが、今度も小田切が邪魔をする。

「知るかよ。そのへんで転んだんだろ。だいいち、遠藤がこいつにやられると思う？」

初めに裕紀を見てきて以降一度も視線を合わさず、鼻で笑って追い払おうとする。けれど、裕紀にしてもいまさら引き下がるわけにはいかなかった。

「嘘じゃないです。俺がやりました」

「誰かこいつ連れ出してくれないかな。話がややこしくなるだけだ」

「小田切こそ黙ってろよ！」

おとなしい生徒が小田切を怒鳴ったことは、教師たちをよほど困惑させたらしい。副島が苦笑いで肩に手を置いてくる。

「どうしたんだ？　小田切を庇っても、おまえにいいことなんてないぞ」

「そうじゃなくて」

なんとか信じてもらおうとしたが、副島のみならず教頭も、鈴木ですら端から相手にする気はないようだった。

結局小田切のほうを信じ、他の者は教室に戻るよう指示される。こうなるのは裕紀自身のせいだ。教師に信じてもらえるほどの人間ではないと言われたも同然だった。

「俺のせいなのに。俺が小田切を呼んだから……助けてって。だから、小田切が……っ」

悔しさから歯噛みをする。

「そうじゃない」

反して、小田切はどこかあっけらかんとしたふうでもあった。

「吉岡が俺を呼ばなくても、俺は同じことをした。だから、安心しろ」

「……小田切」

すぐには返事ができなかった。ひとつはっきりしているのは、少しも嬉しくないということだ。

俺はそんなに頼りない？

そんな言葉が口をつきそうになったとき、がらりと勢いよくドアが開き、受話器を手にした事務員が血相を変えて駆け寄ってきた。

これ以上まだなにかあるのか。

教頭に耳打ちをする事務員を、やきもきしつつ見る。教頭は顔を強張らせたかと思うと、他の誰でもなくこちらへ向き直った。

「吉岡。お父さんが会社で倒れられたそうだ。S病院に運ばれたそうだから、吉岡もすぐに向かうといい」

「……え？」

なにを言われたのかすぐには理解できず、裕紀は副島の口許をじっと見つめた。

「だから、お父さんが――」

再度そう言いかけた副島を、小田切がさえぎった。

「行こう」

腕を掴まれても、まだぴんと来ない。

「小田切。おまえはまだ終わってないぞ」

「逃げないって。いまは吉岡を病院に連れてくことが先決ですよね」

「いや、バイクは禁止されてるから」

「そんなこと言ってる場合かよ」

副島と小田切がやりとりする間も棒立ちになっていた裕紀は、その後病院まで送ってもらう間もどこか他人事のような感覚だった。

病室の前まで来て、ようやく現実だと実感する有様だ。

四人部屋だったので、遠慮しながら室内に入ると、窓際まで足を進めてそっとカーテンを開ける。医師の説明だと疲労とストレスのせいらしいが、それ以上に裕紀が戸惑ったのは、眠っている父親が、やけに年老いて見えるためだった。

髪には白いものがちらほらと混じり、肌はかさついている。目尻の皺は深く、顔色も悪い。

父親の寝顔など見たのは何年ぶりだろうか。というより、まともに顔を合わせるのも久しぶりだ。

「祖父ちゃんに似てる」

ぽつりと洩らした裕紀に、小田切がふっと相好を崩す。

「まあな。誰でも普通に歳はとるのに、自分の親となるとなんでかいつまでも元気な気がするんだよな。そうじゃなきゃ、我が儘言って甘えられないし」

「甘えてる？」

裕紀は首を傾げた。

「みんなそうだろ？　ひどい台詞吐いて、好き勝手して、それでも自分は許されるって思ってるんだから」

「…………」

無論裕紀に甘えている自覚なんてない。忙しい自分のもとにいるより母親と一緒のほうがいいと決めつけていた父親と、どうやらすでに相手がいたらしい母親に失望して背を向けただけだ。

結局祖父母のもとへ行くように言ってきたのも父親だった。

「そう言うなら、お互いさまだろ」

反感を捨てきれず言い訳すると、小田切はちらりと横目を流してきた。

「ずっと背中を見せられていたら、他人は去っていくぞ」

父親から離した目を、隣に立つ小田切へ向ける。いまのはどういう意味なのか、もしかしてそれは小田切も去るという意味なのか、横顔から探ろうとしてみるがわからない。

ふいに手を握られる。

「な、なに？」

突然のことに面食らうと、小田切がひょいと片眉を吊り上げた。

「こうしてると、ちょっとは安心しないか」

「…………」

確かにそうかもしれない。が、普段つっけんどんにしておいて、都合のいいときだけ頼っているみたいで気が引ける。

名残惜しさを覚えつつも、裕紀は手を解いた。

「もう、平気だから」

言外に帰ってほしいと匂わせる。

「そうか」

小田切はあっさり退いた。なにか言わなくてはと思うものの、ごめんと謝る以外、なにも思いつかない。

「こんなとこまでつき合わせて、悪かった」

「俺がしたくてしたことだ」

「でも……小田切には関係ないだろ」

どうやらこの言葉を予測していたようだ。そうだなと小田切は返してきたが、それがひどく冷たく感じられ、裕紀は唇を引き結ぶ。

しかも、声ばかりではない。冷めた視線を送ってきたかと思うと、

「吉岡が関係ないって言うなら、ないんだろうな」

振り返りもせずに出ていった。

裕紀は、しばらく小田切の出ていったドアから目を離すことができなかった。

「裕紀」

その声に、意識をベッドへ戻す。

「すまないな。来てくれたのか」

目を覚ました父親は、眩しそうに数回瞬きをした。

「倒れたって学校に電話あったから」

「そうか」

父親が苦笑いをする。いっそう深くなった目尻の皺は、木の根っこを連想させた。

「詳しい検査はこれからだが、どうやら過労らしい。よくここまで放っておいたって先生に叱られたよ」

こめかみを掻く父の手が、それほど大きくはないことにも気づく。体格が自分とそれほど変わらないのだから、当然と言えば当然だ。

「そう」

裕紀はほっと息を吐いた。自分で思っていた以上に気を張っていたのだろう。

「どっちにしろ今日はここに泊まることになるだろうから、あとで着替え持ってくるよ」

「すまないな」

一度頷いた父が、目を細めて裕紀を見た。

「すっかり成長していたんだな。いつまでも子ども扱いしてちゃ、うっとうしがられるわけだ」

急にそんなことを言い始めたせいで、自然に口許が歪んだ。

自分にしてみれば、いまさらだ。

「べつにめずらしくもなんともないだろ」

「だな。子どもってのはあっと言う間に変わっていって、知らないうちに大人になる」

あまりに寂しそうな表情をする父親に面食らい、言葉に詰まる。

「十五才か？　早いな」

「俺？」

「ああ」

だが、感慨深げに洩らされたその一言には呆れるしかなかった。

「十六だけど？　もうすぐ十七になるし」

「十七？　そうだったか。もうそんなになるのか」

この程度で慌てふためく父がおかしくて、つい笑ってしまう。

「本当にあっという間だな」

とはいえ、自分もまた父親の年齢を正確に把握できていないと気づき、ばつの悪さから頭を掻いた。

「そっちは――五十三だっけ？」

「五だな」

やっぱり間違えていたか。まあ、こんなものだと妙に納得する。

「着替え、取ってくるよ」

それよりも、普通に話をしている、その事実がよほど不思議だ。

「すまんな」

ベッドからまた謝ってきた父親に、

「しょうがないだろ。俺しかいないんだから」

裕紀はひらひらと手を振って、病室をあとにした。

ひとりになると、ふたたび小田切のことが気になったけれど、どうすべきかなんて自分にはわからなかった。


二日ほど検査入院をした父親の病名はやはり当初の見込みどおり過労からくる胃潰瘍《いかいよう》で、胃に四箇所も潰瘍ができていたらしい。仕事人間の父親は手術も入院もせず服薬で治すと決め、三日目には退院し、翌日からは通常どおり会社にも出勤している。

と、なぜ自分が知っているかといえば、しばらく祖父母の家で同居することになったためだ。

一方で、あの後、どうなったのか気になりつつも、小田切とは一切連絡を取り合っていない。クラスがちがうと、存外会わないものだと知るきっかけにもなった。

思いがけずなんの変化もない一週間が過ぎ、顔の傷も癒えた頃、新たな事件が持ち上がった。

HRが始まろうかという時刻になっても町田の姿が見あたらず、クラスメートに聞いたところ町田は三日間の自宅謹慎になったと教えてくれた。

裕紀にとっては寝耳に水だった。

急になにがあったというのだ。

「それって……遠藤の件で？」

いまさら？　だとしたら、町田のみならず小田切もだろう。

こちらから問うまでもなく、クラスメートから案の定の答えが返ってくる。

「小田切と町田。一週間だって」

裕紀は教室を出ると、その足で三階に向かった。もうすぐ副島が来るよ、と親切にもクラスメートが声をかけてくれたが、躊躇している場合ではなかった。

三階には三年生の教室がある。廊下でいつもの仲間たちと立ち話をしている遠藤が目に入り、迷わず歩み寄った。顔にはあちこち絆創膏が貼られているうえ、肋骨のあたりに手を添えている様子からまだ完治にはほど遠いようだ。

自業自得だとしか思わない。

遠藤は視線が合うと苦い顔で舌打ちをし、上を指差して誘ってきた。

この場では話しにくいのだろう。裕紀は迷わず、遠藤の後ろについて屋上に上がった。

二度も襲われた相手であっても、恐怖心はまったくない。怪我人という以前に、恐がる理由がなかった。

遠藤自身もうそんな気は失せたのか、屋上で向き合っても怠そうにするだけで、まるで別人のようだった。

「停学のことだろ？　町田と——小田切の」

「あんたのせいだ」

「わかってるよ」

バツが悪そうに唇を尖らせ、遠藤は前髪を何度も掻き上げた。

「俺も今日学校に来て、小田切と町田の停学を聞いて驚いたんだ。これでも、小田切の担任にかけ合いにいったし。喧嘩はしたけど、この怪我はバイクで転んだって訴えたんだぜ？　粘ってみたけど、もう決まったことだからって撤回されなかった。小田切が認めちまってたからな。小田切にも電話したよ。けど、あいつも、忙しかったからいい骨休めになるとか言いやがるし」

子どもみたいに拗ねた表情を前にして、唖然とする。

「なにやってるんだよ」

もとより遠藤ひとりのことを指した言葉ではなかった。

なにが骨休めだよ。ひとを蚊帳の外へ追い出しておいて、勝手に認めて停学になって、俺が喜ぶとでも？　結局、町田までとばっちりを食らっているじゃないか。

心中で悪態をつく。

うるせえな、と遠藤は喉で唸った。

「ああ、俺が悪いよ。けどムカつくだろ。俺が一緒に走ろうって何度誘っても、もうやめたの一点張りなくせに、吉岡とは頻繁に会ってんじゃん」

「そんなこと言われたって、知らない」

反論すると、また舌打ちが返ってきた。

「おまえにはわからねえよ。俺たちは、みんなあのひとを追いかけてたんだ」

遠藤が昔を思って目を伏せる。裕紀の知らない小田切の話を、いろんな人間がいろんな言葉で聞かせようとする。

自分にしてみれば、そんなことくらいでというのが本音だ。

「小田切に今日会うのか？」

「会わない。なんで？」

停学中なのに、という意味で問う。

「なんでって、だっておまえら……」

さも意外だと言いたげに、遠藤は目を瞬かせた。

遠藤のその反応に苛立ちがこみ上げる。

「そもそも携帯の番号知らないし」

仮に知っていたとしても、電話をかけることはないだろう。

裕紀は遠藤を屋上に残し、先に教室に戻った。HRの間も授業中もずっと上の空だった。それでも父親の件があったためか特に注意もされず、六時間目まで終えた。

その間、ずっと遠藤の言葉を頭のなかで反芻《はんすう》していた。

遠藤は頻繁に会っていると言ったが、実際そうだったとしても、それは毎回小田切が誘ってきたからだ。

そのため、いまのように小田切からの連絡が途絶えれば、まったくと言っていいほど接点はなくなる。つまり小田切から声がかからなくなったら、その時点で自分との関係は絶たれてしまうということなのだ。

今日はひとり、クラブハウスの横を通って裏門からバス停に向かった。このまま真っ直ぐ歩いていけば、まもなく菫の勝手口のある路地の前を通るだろう。

のろのろと足を進めていると、ほんの数メートル先の路肩に、見憶えのあるバイクが停まっているのが目に入った。

小田切のバイクだ。それに気づいた途端、裕紀はその場でぴたりと足を止めた。

路地から姿を見せたのはふたり……章子と小田切だ。ジャンパーを羽織った小田切は、以前裕紀にそうしたように章子にもヘルメットを手渡す。後ろのシートに跨がろうとした章子が、ふと、その顔をこちらへ向けた。

その後なにか耳打ちをすると、すでにエンジンを噴かしていた小田切が肩越しに振り返る。

ヘルメット越しに目が合った、ような気がした。

やけに久しぶりな感じがして、声をかけられたときはなにを話そうかと思案する。病院までつき添ってもらった礼か、それとも停学の件を先に問うべきだろうか、一瞬の間にいろんなことを思い巡らせていた裕紀だったが、予想に反してバイクは動きだし、そのまま走り去ってしまった。

自分の存在に気づいていながら、章子と行ってしまったのだ。

「……なんだよ」

無視されたのだろうか——ちらりとそんな考えが浮かんで失笑する。

そんなはずはない。目が合ったと思ったのが、きっと勘違いだった。

ふたたび歩き出した裕紀の脳裏を、病院で小田切から言われた一言がよぎる。

――ずっと背中を見せられていたら、他人は去っていくぞ。

「……だったら、なんだっていうんだ」

声に出して打ち消した。去るもなにも、初めから望んで小田切といたわけではない。小田切が去っても困るどころか、もうセックスを強要されずにすむし、面倒事に巻き込まれないしでむしろありがたいくらいだ。

「…………」

俺には関係ないし。いつものように口にしようとしたが、今日はそうできなかった。なぜなのか考えると胸の奥が不快になり、いま目にした光景を裕紀は無理やり頭から追い出した。


小田切の停学が解けたとクラスメートの口から教えられたとき、いつの間にか一週間たったのかと他人事のような感想を持った。

実際、他人事だ。

町田は停学中も小田切とは連絡をとっていたらしく、頼んでもいないのにいろいろ話を聞かせてきたおかげで、否応なく小田切の一週間を知るはめになった。

「停学中だって知って、仲間が集まって結構賑やかだったらしいよ。オレも一回顔出したけど、本人バイトでいなかろうがお構いなしで連日連夜小田切さんの部屋に集まってたって」

昼休み、そう報告してくる町田はなんとも愉しそうだ。

「へえ」

気のない返事をする。どういう反応をすればいいのか迷い、決めかねていた。

「昨日機嫌よかったっしょ、あのひと」

「知らない」

「知らないって、会ったんだよな？」

「会わないよ」

その一言で窓の外へと視線をやる。

町田は早合点しているが、停学中、小田切からは一度も連絡がなかった。その間小田切に会ったのは、あれも会ったうちに入るのなら、菫の前で章子と一緒にいた、あのときだけだ。

学校には昨日から戻っているが、昨日も今日も顔を合わせていない。

裕紀の顔を覗き込んできた町田が、大げさにしかめっ面になった。

「なんか、調子悪そうだな」

「……そんなことないけど」

一言で裕紀は席を立った。教室を出ると、他に行く場所もないので仕方なくトイレへと足を向ける。隣のクラスの前まで来たところで、ちょうど廊下に出てきた小田切とばったり顔を合わせた。

「あ……」

心の準備ができていなかったせいで、いきなりのことに言葉を詰まらせる。

なんだか変な感じだ。顔を合わせたくないと思っていたはずなのに、いざ小田切を前にすると真逆の気持ちがこみ上げてくる。

「久し、ぶりだね」

あげく出てきたのは、お世辞にも気がきいてるとは思えない一言で、自分にうんざりして眉根が寄った。

「そうだな」

小田切の返答はそれだけだった。まるで見知らぬ人間に会ったようなそっけなさで、すぐ目の前を通り過ぎた。いや、見知らぬ人間のほうがまだマシかもしれない。視線くらい合わせてくれたはずだ。

裕紀は、ただ呆然と見送る以外なにもできなかった。

だが、確信はした。小田切はこの前もやはり気づいていたらしい、と。気づいていながら無視して去っていったのだ。

教室に戻り、自分の席につく。いまの出来事をどう受け止めるべきなのか、考えてみたものの、うまくはいかなかった。

「遅かったな。さては下痢だな」

能天気に話しかけてきた町田は、直後、表情を硬くした。

「大丈夫か、おまえ……なんか、さっきより顔色悪いぞ」

返答せず、首を横に振る。

少しも大丈夫ではなかった。

小田切がおかしい。いったいどうしてしまったのか。久しぶりに会ったにもかかわらず眉ひとつ動かさなかった。

——ずっと背中を見せられていたら、他人は去っていくぞ。

あの言葉が、エコーがかかったように頭の中で反響する。わんわんと響いて、うるさいほどだ。

だが、こうなってようやく、おかしいのは自分のほうだと気づいた。

小田切は停学中でも連絡してくると思っていた。きっとまたすぐに呼び出されるにちがいないと。小田切について話す遠藤や町田に苛々しながら、心の中では自分だけは特別と高を括《くく》ってはいなかったか。

どうやらすべて身勝手な思い込みだったらしい。小田切は連絡してこなかったし、まともに顔すら見てくれなかった。

「お、おい……どうしたんだよ。保健室、行くか？」

どこまでお人好《ひとよ》しなのか、机に突っ伏すと町田は心配そうに声をかけてくる。いい、とやっと答えたけれど、実際は町田を相手にするほどの余裕はなかった。

小田切に無視されたことが、こんなにもショックだ。

それ以上に、小田切に無視されてショックを受けている自分自身に戸惑ってもいた。

「小田切さん呼んでくる。待ってろ」

一言そう言うと、町田はその場を離れていった。

だが、もう裕紀にはわかっている。

「……どうせ、来ないって」

小田切はきっと厭になってしまったのだろう。それも当然だ。何度も背を向けてしまったのは裕紀自身。そんな人間をいつまでも構ってくれるはずがない。

関係ないからと、いったい何度口にしたか。なにも考えようとはしないで、あの日も、父親の病院に付き添ってくれた日も、突き放すような言葉を平気で浴びせた。

「……吉岡」

しばらくして戻ってきた町田が、すまなさそうに謝ってくる。

「えっと、その、小田切さんいま手が離せないみたいで……オレが保健室連れてくんじゃ……駄目かな」

裕紀は顔を上げ、口許に嗤笑を浮かべた。

「いい。わかってる、町田」

本音を言えば期待はあった。しかし、世の中は――小田切はそれほど甘くはない。

「俺が悪いんだから」

町田がなおも気遣いを見せるが、いまは素直に受け止めるのも難しかった。

「あのさ、吉岡。もし喧嘩してんなら、謝っちまえよ。吉岡が謝れば、小田切さん、許してくれるって」

放っておいてほしい、と思うなんて、こういう人間だから小田切も匙《さじ》を投げたのだろう。身勝手で生意気で、自分でもうんざりするほどだ。

「ごめん。早退するから、先生に言っといてくれないかな」

「わかった。副島にも……小田切さんにも俺が連絡する」

教室を出ようとして、一度足を止めた裕紀は町田を振り返った。

「町田は、どうして遠藤じゃ駄目で、小田切ならよかったんだ？」

前にぶつけた質問を、また持ち出す。答えを知りたいわけではなかった。なぜなら、いまはもう裕紀自身がその答えを出そうとしている。

自分にとっての小田切がどんな存在だったのか、こうなって初めて考えるなど間抜けな話だけれど。

「……吉岡」

町田は答えあぐねたあと、まっすぐこちらを見てきた。

「オレは、吉岡の気持ちまで考えてなかったと思う。小田切さんがいつも吉岡を見てたから、だから、オレはもしかしてって——」

言葉を途切れさせた町田に、裕紀は精一杯で笑みを作る。

「町田、頼めるかな。菫で待ってるから、学校が終わったあと、もし気が向いたら来てほしいって、小田切に伝えてくれる？」

町田は何度も頷いた。

学校を出て、その足で菫へと向かう。無用心なことに今日も勝手口は開けっ放しだ。

「章子さん」

裕紀の呼びかけに、章子は二階から下りてきた。こんな時間にひとりで来ることを怪訝に思ったのだろう、少しだけ首を傾げたあとは、普段と変わらずさっぱりしたものだった。

「なにか飲む？」

めずらしくそう問われ、一度は断ったものの、やっぱりとお願いする。しばらくするとコーヒーのいい香りがしてきて、カウンター席に並んで座った。

「この前会ったわね」

口火を切ったのは章子だ。この前というのが、停学中の小田切と章子が一緒にいたときのことだとすぐにわかった。

「あの日は秀の月命日で、洋ちゃんとお墓参りに行ったの。秀のことは、聞いた？」

はい、と頷く。

「そう」

睫毛を伏せたその横顔はどこか寂しさを漂わせていて、仲のいい姉弟だったのだろうと察せられた。

「洋ちゃんの乗ってるあのバイクね、本当は秀のなの。事故で廃車同然になったあのバイクをアルバイトしたお金をつぎ込んで何ヶ月もかけて修理して、秀の代わりにあの子が乗ってるの。

ここから離れることもできたのに、残ったのはたぶん、あの子なりの秀に対する想いなのね、きっと」

自分は部外者だからと、あえて向き合ってこなかった話を、一言一句洩らすまいと耳を傾ける。小田切がなにを見て、どんなことを思っているのか、それが知りたかった。

「私があのバイクの後ろに乗れるのは、秀の姉さんだから。私以外はあの子、いままで誰も乗せたことないのよ？　これがどういう意味かわからないほど、きみはまだ子どもなのかしら」

「……いいえ」

いままでは知ろうともしなかっただけだ。周囲を拒絶することで、自分を守ろうと必死だった。

「章子さん、もしかして小田切のことを――」

その先を口にするのが躊躇われ、黙り込む。

「やな子ね」

章子が厭そうに、唇にのせていた細い煙草を揺らしたので、なおさらなにも言えなくなった。

「洋ちゃんを待ってるの？」

「はい……でも、来ないかもしれません」

章子はほほ笑んだ。

「大丈夫よ。あの子、案外寂しがりやなの。誰より失うことを恐がってるから」

それを最後に煙草の火を消すと、二階へと上がっていった。

章子のおかげで腹をくれた。小田切が来ても来なくても毎日待とう。場所は菫でなくても、どこでもいい。学校でも、帰り道でも、小田切のアパートの前でも。

会うこと自体が大事だ。

そう覚悟をした裕紀だったが、その必要はなくなった。放課後を待たずに小田切が現れたのだ。

長身を屈めて勝手口から入ってくる姿を目にしたときには、どうしようもないほど胸が高鳴り、泣いてしまいそうなほどだった。

だが、そこまでだ。勝手口の付近に立ったまま、歩み寄ってこようとはしない。

「俺に用があるのか？」

声もぶっきらぼうだ。元来小田切は愛想がよいほうではないし、話し方もお世辞にも優しいとは言い難いが、以前は気にもしなかったようなことにいまはいちいち過剰反応してしまう。

「用は――」

唇に歯を立てると、小田切は小さく鼻で笑った。

「ないなら帰るぞ」

「待って」

咄嗟に駆け寄り、引き留める。ブレザーの裾を掴んだのは、裕紀にしてみれば精一杯の気持ちの表れだった。

「考えてみた。小田切のこと」

そのあとが出てこない。なにか言ってくれないかと小田切を窺うが、なにを考えているのかまるでわからない。

誰かに自身の考えや思いを伝えることがこれほど難しく、緊張するものだと知らなかった。小田切といると、いままで気にしていなかった部分を厭でも突きつけられる。

「それで、考えて、たぶんわかったと思う」

「たぶん？」

言い方が気に入らなかったのか、ここまできても小田切の反応は薄い。早くしてくれとでも言いたげな雰囲気すら伝わってくる。

「それで、わかったからなんだよ」

「…………」

視線を落とすと、小田切はもういいとでも言いたげに、ブレザーを掴む裕紀の手を払った。

そのせいで、自分が少しも腹をくれてなかったと知る。小田切といると、みっともないところを暴かれてばかりだ。

「もう……家に行ったり、話をしたりするのも厭だってこと？」

自分の言葉に胸を抉られる。

小田切は迷わなかった。

「厭だね」

「……っ」

こうも拒絶されるなら、もうしようがない。あきらめて退くべきだ。そう思う半面、どうしてと小田切を責める気持ちがこみ上げてくる。

最初に近づいてきたのはそっちのくせに、と。

また振り払われるのを覚悟で、小田切のブレザーの裾を掴んだ。

「俺は、口下手だし、みんなに好かれるような性格じゃないけど」

予想に反して、小田切は今度は振り払わなかった。

「みんな？　俺ひとりじゃ不満だって？」

「不満、じゃない」

慌てて否定する。ほんの少しでも迷えば、小田切が去ってしまうような気がしたからだ。だが、どうやら杞憂だったらしく、ブレザーを掴んだ手に大きな手が重ねられた。

「俺の前を、無防備な面でうろちょろした吉岡が悪い」

「……してない」

「したんだよ」

小田切の表情が変わる。少し照れくさそうにも見えるそれは、初めて目にする顔だ。

「したってことでいいだろ」

裕紀はブレザーを離し、代わりに小田切の手をぎゅっと握った。

「俺とつき合うならセックス込みになるって、そう言ってるんだけど？」

「わかってる」

「でも、俺に触られんの厭じゃなかったのかよ」

「厭だと思ってたけど……厭じゃなかった。自分でもよくわからないけど、本心から厭だと思ったことなんて、たぶん一度もなかった」

最初から小田切だけはちがっていた。きっと、うろちょろしていたという小田切の言葉は本当なのだろう。

「仕方ねえから、許すか」

精悍な面差しに笑みが浮かぶ。

「まあ俺も悪かったし。身体さえ手に入れれば、あとはどうにでもなると思ってた」

どこか愉しそうにも見える小田切に、胸を撫で下ろす。たったこれだけで安堵するのだから、現金なものだと自分に呆れてもいた。

もっともそれも当然だ。関係ないと何度も自身に念押ししなければならないほど、最初から小田切を意識していたのだから。

「もう逃げないよな」

顔を覗き込んで念を押されて、頷いた。

「帰ろう」

「うん」

菫を出ると、小田切の住むアパートに向かった。

小田切の部屋を訪れたのは二度目だ。が、一度目とはなにもかもが異なる。ひどく緊張しているのに、どこにも力が入らない。足許もふわふわとしておぼつかなかった。

終始耳障りな音が聞こえていて、玄関のドアを開けて中に入った際にそれが自分の心臓の音だと気づいたけれど、これまでとのちがいをちゃんと裕紀はわかっていた。

「なにか飲むか」

冷蔵庫の前にしゃがんだ背中にそっと近づき、身体ごと預ける。

「……吉岡」

「小田切が俺を見てたなんて、ぜんぜん気づかなかった」

「だろうな」

小田切は向きを変え、正面から背中に両腕を回してきた。

「周り見てなかったもんな。冷め切った目をして、そのくせ頼りない表情するときもあって、危なっかしくて目が離せなかった」

「…………」

「この前も言ったけど、俺が吉岡から目が離せないのは単なる好奇心だろうかと思ってたんだよ、最初は。けど、あの日、クラブハウスで吉岡が俺の名を呼んで、もしかしたらちがうんじゃねえかと疑い始めて、ついやっちまったら、想像したのとちがってて……」

「…………」

「やけに素直な反応をしたかと思うと、痛かったただの悪態ついてきて、おかげで俺は――」

小田切が言葉を切った。それから、らしくなく言いあぐね、頭を掻いたあと、

「まあ、うっかり可愛いとか思ってしまったのが運の尽きだな」

遠回しな告白をしてくれたのだ。

「小田切って、悪趣味だね」

ムードのない返答をした裕紀は、深呼吸をする。鼓動を鎮める役には立たなかったが、ほん

の少しのあと押しにはなった。

「小田切」

目尻の傷痕にそっと指先で触る。完治して見える傷は、もしかしたらときどきまだ血を滲ませて、小田切に眠れない夜を強いることもあるのかもしれない。

そういうときは、案外寂しがりやだという小田切の傍にいて、髪を撫でてあげたいと心から思う。

「俺、短い間に小田切のいろんなこと知ったよ。でも、もっと教えてほしい」

小田切が自分にそうしてくれたように。

「小田切のことが、好きだから」

口にした瞬間、すとんとなにかが胸に落ちたような感覚を味わった。自分はずっとこれを伝えたかったのかと、解放感すら覚える。

「やっと言ったな」

「うん。言った」

同時に、苦しいくらいに胸が締めつけられた。

誰かを好きだという気持ちは嬉しくて、切なくて、苦しい。到底一言では言い表せない感情だ。

「――吉岡」

どちらともなく唇を近づけ、重ねる。

何度か触れ合わせている傍ら、ブレザーの釦がひとつひとつ外されていく。自分も真似をして小田切のブレザーに手をやるが、指先が震えてなかなかうまくできない。

その間にシャツの前もはだけられたので、裕紀は小田切の釦を外すのをあきらめ、自らブレザーとシャツを脱ぎ捨てた。

小田切がもどかしげな手つきで、裕紀の首からインナー代わりのTシャツを引き抜いたときも率先して協力する。

もちろん羞恥心はあるものの、それ以上に早く抱き合いたいという欲求が大きかった。

「あ……」

うなじに唇を這わせながら、肋骨の浮き出た痩せた身体に小田切は触れてくる。その急《せ》いた手つきに、堪らない心地になった。

頭のなかもぼうっとしてきて、小田切に全体重を預ける。促されるまま隣室へ移動すると、いつものように片手ひとつで小田切が布団を敷くのを待って、今日は自分から身を横たえた。

スラックスと下着を剝ぎ取られると、もう隠せるものはなにもない。

「小田切も……」

自分の上に跨がり、身につけているものを脱いでいく小田切を見つめる。きっと物欲しげな顔をしているだろうと思ったけれど、どうしようもなかった。

何度も目にしてきたはずなのに、自分よりもずっと完成された身体に眩暈がする。たった二歳の年齢差以上の頼もしさを感じるのだ。

素肌を合わせると、自分がいかに小田切を欲していたかを実感する。身体じゅうの血液が沸騰しそうなほどの昂揚が自分の身の内にあると知り、なんだかそれが嬉しかった。

味わい尽そうとするかのように、深く、激しく小田切が口づけてきた。

角度を変えるたびに熱のこもる唇についていけず、すぐに音を上げるが、手加減してくれるつもりはないようだ。

何度も身体は繋げてきたが、これほどキスをしたのは初めてだ。

羞恥心も理性も、思考すら溶かそうとするかのように舐めて、吸われて、裕紀はただ目を潤《うる》ませて喘ぐしかなかった。

「あ、あ、や……」

「もう、こんなになってる」

キスの合間に、小田切が熱く囁く。

指摘されるまでもなく、自覚はあった。自分の身体なのにコントロールできない。すでに濡れている性器の先端を指で弄られただけで、危うく達しそうになり、唇をきつく噛み締めた。

「……待って……なんだか、今日、おかしいから」

あまり触らないでほしいという意味だったが、小田切はそう受け取らなかった。いや、きっと裕紀のことなどすべてわかったうえなのだろう。

「いくらでもおかしくなっていい」

そう言うと、唇を顎へ滑らせていく。激しい口づけから解放されて息をついたのもつかの間、声を塞ぐものがなくなったことにすぐに気づかされた。

「うぅ……ふ、んっ」

うなじから鎖骨を這っていく唇が胸に辿り着く。普段は意識することなどない乳首が尖ってきたのが自分でもわかった。

舌で転がされ、時折軽く歯を立てられながら大きな手で性器をゆっくり上下に扱かれ、淫らな声を止められなくなる。

「い……いく……も、出る」

達する寸前、ぎゅっと根元を縛《いまし》められた。行き場を失った熱が体内で燻《くすぶ》り、どうにかしてほしいと訴える。

「まだ足りないだろ?」

小田切が自身の唇を舐めて濡らした。それを目のあたりにして、ぞくぞくとした痺れが背筋を這い上がる。

すがるものを求めて両手を伸ばした。

それを受け止めてくれた小田切が、中心に頭を沈めた。

「あうぅぅ……んっ、あ、あぁ」

あまりの激しい快感についていけず、まともな言葉にもならない。ただ喘ぐばかりで、身体じゅう、どこもかしこも気持ちよかった。

締めつけられながら舌を使った力強い口淫に溺れ、小田切の髪に両手を差し入れて身悶えするしかなかった。

「あぁ」

呆気なく達する。

激しい絶頂に忘我《ぼうが》しつつ、小田切が嚥下《えんか》する生々しい音だけが耳に入った。息を整える間も与えられず、陶然としているうちにも脚が抱え上げられた。

「小……田切」

性器ばかりかその後ろ、あられもない場所を小田切の前にさらすはめになったが、抵抗できない。抵抗する気もない。

小田切は宥めるようなキスを膝にしたあと、潤滑剤をたっぷり使い、入り口を緩めにかかった。

「ひぁ」

冷たさ以上に、ぬるりとした感触にざっと肌が粟立つ。

潤滑剤のぬめりを借りて指が内側に挿ってきたとき、あまりに性急なやり方についていけず脚をばたつかせると、小田切が小さく喉で唸った。

「我慢きかねぇ……もう出そう」

その言葉に嘘はなかった。誇示するように見せられた小田切の硬く張り詰めた屹立《きつりつ》は、先端から蜜を滲ませている。いまにも弾けそうに震え、とろりと裕紀の内腿まで糸を引いた。

そのまま入り口に擦りつけられて、どうして堪えられるだろう。

「あぁ……小田切っ」

内側で抜き差しされる指は、じわじわと裕紀にあの感覚を連れてくる。これまでは否定し続けてきたが、今日は認めるしかなかった。

「やっぱり」

だが、裕紀が請うまでもなく、小田切がそう言った。

「感じてるんだ、ここ」

「ちが……あ、だめ……したら、いやだっ」

普段より少し上擦った、熱い声を今日は素直に受け入れる。

「俺の指、締めつけてくる。わかるだろ」

「わか……る。から、早く」

ねだったのは初めてだ。どうやら小田切も少なからず驚いたのか、一瞬目を見開くと、蕩けそうな笑みを浮かべたのだ。

指が引き抜かれる。小田切は自身をそこへ押し当てると、ゆっくり、それでいて有無を言わせない強引さで中へ挿ってきた。

「あ……っ」

「すご……吸いついてくる」

「あ、あぁ」

荒い吐息を裕紀の首筋に落としながら、小田切は確実に目的を果たしていった。

「こんなきついのに……中、とろとろ」

「……っ」

繋がった場所がやたら熱い。苦しいくらいにいっぱいなのに、小田切の言うとおり、どこから甘いような疼きが湧き上がるのも本当で、裕紀は急に怖くなった。

「あ、や……」

「厭じゃないだろ？　俺がこんないいんだから、吉岡もいいよな」

「ぅあ」

こんな声を出していては、答えるまでもない。軽く揺すられただけで、内壁が小田切のものを嬉々として包み込むのがわかる。繋がった場所が立てるいやらしい音もスパイスになり、奥のほうが溶けているようだった。

快感は苦しさを凌駕《りょうが》し、大きな波のように押し流そうとしてくる。

「でも……こんなの……あっ、あ……揺す……ないでっ」

じわりと涙が滲む。

「どうにか、なる……」

「なれよ」

さらに脚を高く抱え上げられて、激しく腰を使われる。

「どうにでもなって、もっといい顔見せろ」

「や……も、だめ……ああ」

頭が真っ白になった。もうなにも考えられないし、なにもできない。小田切に揺さぶられて、快楽を得ること以外は。

「俺を好きか」

「……好き、すごく好き」

「俺もだ」

「あぁっ」

その瞬間、性器を刺激されることなく強烈な絶頂を味わった。射精で得られるそれとはまるでちがう感覚に、知らず識らずぽろぽろと涙をあふれさせていた。

「吉岡――」

小田切の熱い飛沫を最奥の性感帯に叩きつけられ、好きだと熱い吐息混じりの告白を耳にして、身体以上に心が歓喜する。

それは初めて味わう充足感だった。

こめかみにそっと下りてくる、唇。

なんて甘い。

その理由を、ようやく裕紀は知ったのだ。

甘いくちづけ

もしも人間に運や縁があるのだとしたら、自分にとっては数ヶ月前のあのときがまさにその瞬間で、ひとつの転機になったと思う。

「吉岡《よしおか》」

帰り際、同じ図書委員の佐々木《ささき》に呼ばれて足を止めた。

「ノートさんきゅ。おかげで助かった」

「どういたしまして」

一昨日貸した数学のノートだ。田中《たなか》から佐藤《さとう》を経由して、最後は佐々木に回ったらしい。受け取って鞄にしまう。

「いまから田中らとマック行くんだけど、吉岡も行かない？　お礼に奢るし」

編入当初、ノートを貸すどころか、誰ともまともに話そうともしなかった裕紀《ゆうき》だったが、最近はたまにお呼びがかかるようになった。町田《まちだ》に言わせると、周囲を拒絶する頑なな部分が薄れ、雰囲気もいくぶんやわらかくなったのだそうだ。

そのせいかどうか、三学期は図書委員に選出され、今日は委員会で帰りが一時間ほど遅くなった。

「ありがとう。行きたいけど、今日は約束があるんだ」

「なんだ、残念。じゃ、また今度行こう」

「うん。またな」

こういう会話ができるようになったのも最近のことだ。

裕紀は、佐々木と別れるとすぐに学校をあとにする。五時を過ぎたばかりだというのにあたりはもう薄暗い。冷たい空気に触れた頬がきゅっと引き締まり、高い空に白く浮かんだ細い月を見上げながらマフラーを首に巻いた。

クラブハウスの横を通り過ぎ、裏門から校外へと出ると、ちょうど路地からバイクが頭を覗かせたところだった。

「小田切《おだぎり》」

急いで駆け寄る。バイクを押す小田切が顔を上げ、裕紀を認めるとわずかに目を細めた。

「ごめん。遅くなった」

佐々木の誘いを断った理由。

「いや。それほど待ってない」

約束があると言ったけれど、実際は約束しているわけではなかった。居酒屋でバイトをしている小田切は毎週水曜日が休みだ。そのため水曜日には決まって待ち合わせをして、一緒に帰るのは、約束というよりふたりの間の暗黙の了解みたいなものだった。

たとえ週の真ん中だとしても、時間のない他の日よりはずっと長く一緒にいられる。などと思うこと自体、以前の自分なら信じられないが、まぎれもなく本心なのだ。

「ほら」

小田切がヘルメットを投げて寄越した。

「どこか寄りたいところあるか？」

「ない」

裕紀もシートに跨《また》がり、鞄を腹の前に置いたあと両手を小田切の胴に回してそう答えた。

「じゃあ、真っ直ぐ帰るぞ」

途中コンビニや本屋に寄ることはあっても、行先は毎回小田切の借りているアパートだ。すぐにエンジン音が響き、通い慣れた道を走り出す。

小田切のアパートまではそう遠くない。バイクだと十五分足らずで着く。校則では、基本的にバイク通学は禁止となっているが、小田切の場合、学校側も黙認しているようだ。もうすぐ十九歳になるというのもあって大目に見ているのかもしれない。

問題を起こしさえしなければ、特例でバイク通学に目を瞑ろうという譲歩らしいが、実際小田切が問題を起こしたかといえば、答えはノーだ。

遠藤《えんどう》に怪我をさせて停学になったのも、原因は小田切ではない。後に遠藤が事実を語ったおかげで停学はやりすぎだったと判明したのも、いいほうへ作用しているだろう。

裕紀があのときのことを忘れないのは、守ってもらったという理由だけではない。目を背けていたことに気づかされたためだ。

アパートが見えてくる。

自分にとってはここ数ヶ月の間にすっかり馴染んだ場所だ。最初のうちこそ簡素で殺風景だと思っていたけれど、いざ腰を据《す》えてみると居心地がいい。もっともそれは自分自身の心の変化によるところが大きいのだろう。

外階段の前でバイクが停まる。小田切が駐車スペースにバイクを入れるのを待って、ふたりして二階の小田切の部屋へと上がった。

ファンヒーターのスイッチを押したあと、隣室へと続く襖を開けたのは小田切だ。

「寒いか」

これには、大丈夫と答える。

実際、寒さは気にならなかった。それよりも隣室に敷かれた布団に意識が向かう。何度経験してもこの瞬間だけは慣れなくて、痛いほど鼓動が速くなるのだ。

「裕紀」

それを知ってか知らずか、名前を呼んできた小田切に肩を抱き寄せられた。首筋に感じた吐息と唇の感触に、寒さのせいではなく肌が粟立《あわだ》つ。

いつの頃からだろう。ふたりきりのときだけ、ごくあたり前のように小田切は裕紀のことを「吉岡」ではなく、「裕紀」と呼ぶようになった。より親密になった気がして、呼ばれるたびに胸が高鳴る。

かといって自分はといえば、きっかけも勇気も出ないままいまだ小田切のことは「小田切」だ。意識しすぎだとわかっているが、やはり照れくささは拭えずにいた。

ブレザーを脱ぐと、どちらからともなく隣室へ足を向ける。シャツを脱いでズボンを脱いで、布団にもぐり込み抱き合う頃には、もうこれからすることしか頭にない。

最近の自分が変だというのはわかっている。なにしろ小田切の顔を見れば、セックスすることばかり考えてしまうのだ。

小田切との行為は一方的だとか無理やりだとか、本気で思っていた数ヶ月前を忘れてしまいそうだった。実際、大半を忘れてしまっているのかもしれない。自分の身体が当時とは明らかに変わったと、裕紀自身が誰より自覚していた。

「……あ」

熱い手と唇が、痩せぎすな身体をまさぐってくる。気持ちよくて、昂奮して、目の前の力強い肩に両手を回した。

喉《のど》から鎖骨を這う口づけ。膝を割られ、大きな手のひらが大腿を撫でさすってくる頃にはどこもかしこも切なく疼《うず》いていた。

「あ……ぅんっ」

「もっと脚、開けるか」

「う……うん」

震えながら言われたとおり脚を開くと、小田切はご褒美とばかりに膝にひとつキスをしてから、その大きな手で裕紀の性器を包んできた。

「あ、あ……うぅぅ、んっ」

ゆっくりと擦られて腰のあたりが痺れる。裕紀のあふれさせた体液を塗り込めるように上下する巧みな手に翻弄され、あっという間に頂点が近くなる。

小田切の頭が上掛けの中に沈んだ。焦らされることなく、性器が熱い口中に包まれた。締めつけられ、舌を使われ、あまりの快感に全身の産毛が逆立つ。

「あぅ、あ、あ、あ、小田切……っ」

声を殺そうと思うのに、どうしても堪え切れない。薄い壁の防音なんてまったく期待できないとわかってはいても、甘い声が洩れてしまう。

「あ……」

開いた脚の奥、もっとも敏感な場所に濡れた感触がして、裕紀は息を呑んだ。入り口を広げ、浅い場所へ挿《はい》ってくる小田切の指をなんなく受け入れた。

「……んっ、うぅぅ……」

内壁に潤滑剤を塗りつけながら、指は奥まで進んでくる。

「あ、あぁ………ん……や」

道を作る行為そのものにはすでに痛みはない。その代わりに裕紀を苛《さいな》むのは、自分ではもはやどうすることもできないほどの激しい愉悦だ。

血を流さなくなって、慣れて、この場所で感じることを一度憶えてしまった身体は浅ましいくらい敏感になってしまった。

「やぁ……あぅ、そんな、したら、出……るから」

指を出し挿《い》れされて、擦られた場所から蕩けそうな快感が湧き上がる。自分でも恐くなるほどだ。

「いきそうか？」

小田切が膝や腿に口づける傍ら、そう聞いてきた。裕紀の性器はいまにも弾けそうに硬く張り詰め、濡れているが、それが二の次になるほどに後ろが切なく疼いている。

決定的な刺激がほしくて、裕紀は何度も頷いた。

「う……ん、も……いきそう」

「こっちがいいんだろ？」

奥深くで指が揺すられる。

「い、いい……あ……んっ」

「俺が欲しい？」

「ほし……」

指では足りない。もっと決定的な、圧倒されるほどの存在が欲しい。

自分から脚をいっそう開いた直後、体内の指が去った。

「挿れるぞ」

「う……ん」

そこへ押し当てられた熱い先端に、身体と気持ちがはやる。

「ううぅ……んっ」

裂かれるような痛みのあと、それは圧迫感に変わる。苦しいのに、やはりもっと欲しいと思ってしまうのだ。

「あ……」

狭い道を抉るようにして、小田切は時間をかけて進んでくる。

奥まで満たされた瞬間、涙がこめかみを伝った。だが、これで終わりではない。浅い呼吸をくり返す裕紀に、小田切はさらに深い場所まで挿ってこようとする。

「……や、も……いっぱい」

苦しさに思わず宙を掻《か》いた両手を捕らえられた。片方ずつ手首に口づけて、小田切はひとつ息を吐き出した。

「平気か」

胸を喘がせながら、なんとか頷く。舌でこめかみの涙を拭ってきた小田切が、宥《なだ》めるような優しい手で髪を梳《す》いてくれた。

「つらかったら言えよ」

「へ……いき」

両脚を抱え直され、大きく広げられる。

「うぅ、あ……んっ」

じわりと体内の小田切が退いていく。身体の奥底から湧き上がる快感を抗《あらが》う術はない。全部抜けそうになったかと思うと、今度はさっきよりも強く、一気に深く満たされる。小田切に身体を預けて、浅ましいまでに快感を貪った。

「あ、すご……いい」

体内に火が灯《とも》り、それはすぐに炎へと変わる。芯から燃え上がり、いつしか裕紀は小田切の

動きに合わせて腰を揺らしながら思うさま乱れていた。

声を抑える余裕もない。

「俺も、いい」

「……きも、ちいい……あ、あ、あっ」

「もっとやってほしいだろ」

「やって……もっ……あぁぅ」

「裕紀……っ」

小田切の手に口を塞がれ、いっそう激しく揺すられる。もう何度達したのかわからない。

「あ……も、駄目っ」

「ああ、俺も駄目だ」

体内の小田切がさらに質量を増す。

「うぅぅ――っ」

限界を超えて我慢を強いられた裕紀は、声を奪われたぶんいっそう激しく乱れながら、初めて小田切とほぼ同じタイミングで絶頂を迎えた。

口から小田切の手が離れる。

「大丈夫か」

荒い呼吸の合間に頷くと、額や頬に口づけてから小田切は身を退き、ごろりと隣に転がった。

「いったん休憩」

そう言ったくせに、なおも肌を寄せ、あちこちに唇を触れさせてくる。

甘く、優しい小田切のキスには冷静になるどころか、昂揚はいっこうにおさまりそうにない。口づけに応えながら、身も心も熱くなる。

最初の頃は気づかなかった小田切の情を、いまはキスひとつで感じることができる。初めてのときから小田切はずっと優しかったのに、気づかないふりをしていたのだ。

「身体、拭きたい」

そう言うと、小田切が身を起こす。

「風呂に入るか？」

「あー……それは、いい」

怠い、と続けて裕紀も起き上がろうとしたが、押し止められた。

「俺がやるから、寝てろって」

裸のまま部屋を出た小田切は、戻ったときにはタオルを手にしていた。身体を拭ってくれるつもりのようだが、こちらは簡単に受け入れられない。

「自分でできるし」

しかし、小田切にとっては意味のないことらしい。

「なに言ってるんだ。いまさらだろ？」

小田切が「いまさら」と言う理由はわかる。もう、見られていない場所はないほど、どこもかしこもさらしているのだから、「いまさら」遠慮するなと言いたいのだろう。

「そういう問題じゃない」

「どういう問題だ？」

首を傾げられるが、小田切の手からタオルを奪い取り、自分で身体を拭いていく。できる限り平気なふりを装って下半身も綺麗にすると、タオルを小田切に手渡した。

一度裕紀の髪を梳いてから、小田切は布団から離れ、衣服を身につけていく。どうやらコンビニに行くつもりのようだ。

「その様子じゃ外食は無理そうだから、弁当でも買ってくる」

「ちょっと待って。俺も行く」

急いで畳の上に脱ぎ散らかした制服を手に取ったが、

「雨が降ってるし。すぐに帰ってくるから」

なにが食いたい？　と聞くだけ聞いて、結局小田切はひとりで出ていった。

「いいのに」

身支度を調えると、座って小田切の帰りを待つ。半ば無意識のうちに、小田切の匂いの残る上掛けをたぐり寄せて頬を埋めていた。

甘やかされている、と思う。

初めから小田切はひたすら甘かった。それはいまも同じで、日常の些細なことからそれなりに大事なことまで裕紀は小田切に助けてもらってばかりだ。

そのせいで、つい小田切に頼り切ってしまう。

「癖になったら、どうするんだよ」

このまま際限なく甘えて、いいはずがない。が、特別扱いされる心地よさも確かにあって、そのたびに胸を熱くしているのもまた事実だった。

小田切は気づいているだろうか。

おそらく最初に意識したのは、自分のほうが先だった。噂を耳にして、本人を見かけたときから裕紀のなかで無視できない存在として刻み込まれていた。

しかも、こういう関係になって小田切のことを知るほど、その想いは強くなっていく。

「……早く帰ってこい」

雨音が微かに耳に届く。多少の雨なら小田切は傘を使わない。バイクで雨や風には慣れているから、と以前教えてくれた。

それから、眠りが浅い。小田切の部屋に泊まるようになってもう二、三度、夜中に起きて水を飲んだあと、ぼんやりと座っている様を目にした。

いったいなにを思って小田切が暗い部屋でひとり過ごしているのか、裕紀にはわからない。が、自分にできるのは、眠ったふりをして、息をひそめてその背中を見守るだけだ。

本降りにならないうちに帰ってくれればいい。そういえば、夜には雪に変わると、天気予報サイトで目にした。

「——小田切」

残り香を求めるようにいっそう上掛けに顔を埋めて、裕紀は部屋のドアが開くのをじっと待った。

翌朝、教室に入るとすぐに町田が駆け寄ってきた。それ自体はよくあることであっても、今朝は様子がちがう。町田ばかりでなく周囲もざわついていて、いったい何事だと自然に身構えていた。

「なにかあったんだ？」

「ああ」

町田は深刻そうなため息とともに頷いた。

「さっき生活指導の田島《たじま》が来て――」

直後だ。町田の声を打ち消す勢いで、その田島の声が廊下から聞こえてきた。どうやらなにかあるのは隣のクラスのようだ。

裕紀は廊下へ意識を向けた。

「まだ来てないのか」

田島の尖った声が響き渡る。

厭《いや》な予感に眉根が寄った。田島の口調も雰囲気も、目の前にいる町田の様子も只事ではない。なんらかの問題が起こったのは確かだ。

じっとしていられず廊下に出ると、田島の背と、その向こうから歩いてくる小田切の姿が目に入った。小田切はこちらへ目をやると、わずかに口許を綻《ほころ》ばせた。

反して、裕紀に笑い返す余裕はない。なぜならそれより先に、田島が小田切に近づいていったからだ。

「小田切、ちょっと職員室に来い」

小田切は一瞬目を眩めただけで、すぐに肩をひょいとすくめて田島についていく。傍を通るとき、大丈夫とでも言いたげな横目を流してきたけれど、少しも安心できなかった。

「……なんだろう」

小田切の背を見送りながら町田に尋ねる。どうやら状況を把握しているようで、町田はひどく言い難そうに、

「大変なことになった」

と吐き捨てた。

「どういうこと？」

「付属の、N高の奴が怪我をして入院したらしい。そいつが言うには、金を奪われたあげく突然襲われたって……で、やった相手ってのが……」

「小田切？」

まさかと思ってその名を出すと、町田は苦い顔で肯定する。

N高は、近隣では有名な進学高だ。ほぼ無縁だし、揉め事が起こったという話も耳にしたことはない。

「それ、いつの話？」

「昨日の夜」

「昨日の夜、って何時頃？」

「確か、十時くらいだって言ってたと思う」

「十時……」

町田の話に裕紀はほっとした。昨日の夜、十時なら小田切に関係があるはずはない。その時間、小田切は自分と一緒にいたのだから。

「それ、小田切じゃないよ」

「小田切さんのわけないじゃねーか」

裕紀が説明する前に、町田が鼻息も荒く断言する。

「相手構わずこぶしを振るうひとじゃないし、最近は特に、喧嘩なんてしてねえだろ」

「うん。その時間なら俺と一緒にいた」

「じゃあ、アリバイ成立ってわけだ」

町田の顔にも明るさが戻る。裕紀は自分の席に鞄を置くと、すぐさま教室を出た。

きっと小田切が説明すれば、自分にも確認のために呼び出しがかかるだろう。こちらから出向けば手間が省けて、あっという間に嫌疑は晴れる。

「俺、職員室に行く」

「おう。オレもつき合うぞ」

町田と連れ立って職員室へ向かった。予鈴が鳴ったが、いまは授業よりも小田切のほうを優先する。

「失礼します」

職員室のドアを開けると、すぐに小田切の後ろ姿が目に入る。制服だからというより、どこにいても目立つからだ。

そして小田切を、教頭とクラス担任の鈴木《すずき》、生活指導の田島が取り囲んでいた。

「町田と——吉岡。なんの用だ。もう授業が始まるぞ」

田島の言葉に、小田切が振り向いた。視線が合った途端、眉をひそめる。

どうやら小田切は、まだ裕紀の名前を出してなかったようだ。

「あの、小田切くんのことで話が——」

そう切り出したが、最後まで言えなかった。当の小田切に途中でさえぎられたせいだ。

「野次馬か？　勘弁してくれよ」

小田切は、そっけない態度で天を仰ぐ。町田はその一言で察したようだったが、自分にしてもこれがどういう意味であるかわかった。

なにしろこういう状況は初めてではない。遠藤に怪我をさせたときもそうだった。

「先生、昨日小田切くんと俺は一緒にいました。だから、小田切くんが誰かに怪我をさせたなんて絶対にないです」

だが、また同じことをくり返すつもりはない。小田切の気遣いを無にすると承知で、自ら首を突っ込んだ。

「――それは、本当なのか」

教師たちが戸惑いが浮べるなか、小田切本人は顔色ひとつ変えない。平然と無関係を装う。裕紀ですら、もしかしたら自分のほうが間違っているのではないかと疑うほどなので、教師たちはあっけなく小田切に騙されてしまう。

「本当です。小田切くんは俺といました。たぶん俺を巻き込みたくなくて、黙ってるんだと思います」

「よせ、吉岡。戻ろう」

町田が袖《そで》を引っ張ってくるが、裕紀はその手を無視した。このままでは前回の二の舞になり、小田切はまた停学になるだろう。しかも、今度の相手は他校生だ。

仲間うちの揉め事とはちがい、小田切のことをよく思っていない教師たちから退学させようとする動きが出たとしてもおかしくない。

「小田切、本当か」

困惑の表情で田島が問う。小田切は黙ったままでなにも答えない。これでは、田島が頭を抱えるのは無理もなかった。

「さっきからこの調子だ。『俺はやってない』と言うばかりで、肝心の『どこでなにをしていたのか』については無言ときている」

「だから、俺といいたんです」

間髪を容れず、訴えた。

あとは小田切が認めてくれさえすれば——。

「けどな、吉岡。先方ははっきりと小田切にやられたと言ってるんだよ」

本人が黙っているせいで、話はいっこうに進まず堂々巡りになる。

「向こうが嘘をついてるんです」

「なんのためにだ」

「それは……」

言葉に詰まった。なんのためかなんて、わかるはずがない。自分に言えるのは小田切がやってないということ、それだけだ。

「吉岡が嘘をついてるって言ってるんじゃないぞ？　けど、あっちは同級生を庇《かば》ってるとしか思わないだろう。はっきりした証拠がない限り」

田島の言うとおりだ。どれだけ食い下がったところで証拠がない以上、自分の証言などなんの役にも立たない。

「なにより、小田切本人がなあ。おまえの名前はただの一度も出てこなかった。これじゃ、話にならんだろ」

もっともな言葉を突きつけられ、裕紀は田島から小田切に視線を移す。

本当のことなのになんで黙ってるんだ、と言外に責めたが、やはり小田切の態度は変わらない。知らない人間さながらに、最初から冷めている。

「どうなんだ」

あらためて田島が確認したときも、あっさりしたものだった。

「たとえばの話、俺が誰かと一緒にいたとしたら、次はなにをしていたかって聞くんだよな。かったるいって」

「…………」

これ以上、自分になにが言えるだろう。裕紀にしても、その時間小田切の部屋でなにをしていたか根掘り葉掘り質問されたなら、きっとどこかでぼろが出るに決まっているのだ。

「吉岡、戻ろう」

町田が後ろから促してくる。今度は町田に従うしかなかった。ここで自分が居座ったところで役に立つどころか、いっそう場を険悪にしてしまう可能性だってある。

教室に戻ってみると、すでに授業は始まっていた。一時間目は英語だったが、どうやら事情は伝わっているのか、特に咎《とが》められることもなく「早く座れ」の一言ですんだ。

上の空で授業を終えたあと、休み時間になるや否や隣のクラスを覗いてみたが、そこに小田切の姿はなかった。

「小田切なら、とりあえず仮処分てことで自宅謹慎らしいよ」

近くにいた生徒が教えてくれたその一言に、愕然とする。仮と言いつつ謹慎なんて、あまりに一方的だ。

「そんなの」

結局は停学と同じではないか。やってないという小田切の言葉を一切信じず、学校側は先方の言い分だけを受け入れたということにも等しい。

「吉岡」

教室を飛び出そうとして呼び止められる。苛立ちを覚えながら振り向いた。

「小田切から伝言」

「え」

「『放課後、菫《すみれ》で』って。意味わかる？」

おそらくこちらの行動を見透かしての伝言だろう。おかげで早退すらできなくなった。

「ありがとう」

いつも先手を打たれる。小田切は自分が盾になるばかりで、裕紀にはなにもさせてくれない。もやもやとした焦燥に駆られたが、放課後と言われた以上、それまで授業を受けるしかなくなった。

厭になるほど長い一日を過ごす。そして、授業が終わるが早いか教室を飛び出し、走って菫に向かうと勝手口から中へ入った。

ちょうど章子《しょうこ》が開店の準備をしているところだった。

「こんにちは。あ……店、開けるんですか？」

おかしな質問だと承知で口にしたのは、平静ではないからだろう。

「当たり前じゃない。いつもは、あなたたちが早く来すぎるんじゃない」

そういえば菫に寄るときは学校を抜け出していたせいで、毎回お昼過ぎだった。ますます自分の質問が間抜けだったと気づき、ごめんなさいと小さく謝る。

章子は呆れた様子で肩をすくめてから、上を指差した。どうやらすでに小田切はいるようだ。すぐに階段に向かおうとした裕紀だが、耳に痛い忠告をされる。

「うまくいってるんなら、もうひとの部屋をラブホ代わりにしないでよね」

かあっと頬が熱くなった。章子には申し訳なさしかない。

「……すみません」

背中を丸めて頭を上げる。章子はさもおかしそうに肩を揺らした。どうやらからかわれたらしいが、恥ずかしいことには変わりなく、逃げるように階段を駆け上がった。

二階の奥の和室で小田切の姿を見つける。小田切は畳の上に転がっていた。近づいていってもまったく動かないところをみると、眠っているようだ。

そっと傍で膝をつき、顔を覗き込む。

思ったとおり瞼は閉じられていて、規則正しいリズムで胸が上下している。躊躇《ためら》いつつも、裕紀はこの際とばかりに小田切の顔を観察した。

目を閉じているにもかかわらず、目許のきつい印象は拭えない。しっかりとした鼻梁に真一文字の唇は形もバランスもよく、客観的に見ても端整だ。

そして、目尻の傷跡。深く刻まれたそれは、おそらくは小田切の心の傷そのものだと言ってもいいのだろう。

その傷跡に手を伸ばす。後少しで指先が触れるところまで近づけたとき、手首を掴《つか》まれた。

「寝込みを襲う気か」

片目だけ開けた小田切が口許に笑みを浮かべる。否定する前に体勢を入れ替えられ、畳の上に寝転がっていた。

「そんなつもり、なかったのに」

寝顔に見惚れていただけ、とはさすがに恥ずかしくて言えない。

「なんだ。襲ってくれるかと期待して損した」

などと小田切が揶揄《やゆ》してくるからなおさらだ。

「狸寝入り」

「どうだかな」

笑みをかたどった唇が近づいてくる。

「おだぎ……」

名前を呼ぼうとすると、その声ごと小田切の唇に奪われた。

甘い口づけに苦しいまでに胸が高鳴る。

条件反射で開いた口中に、小田切の舌がするりと入ってきた。優しく、愛撫するように動き回る舌に堪《たま》らなくなって小田切のシャツを掴むと、それを合図に明らかな意図をもって唇が喉元へと滑っていった。

「ふ……あ……駄目、だって」

いまにも流されそうになりながら、裕紀は肩を押し返した。

「なんで？」

小田切の指はブレザーの釦を外しにかかっている。このまま進みたい気持ちを懸命に押し留め、裕紀はかぶりを振った。

「下に、章子さん……がいるから」

「いまさらだろ」

「ラブホ代わりにしないでって、さっき注意された」

小田切の手と唇がぴたりと止まる。その後、小さく舌打ちを洩らすと、裕紀の腕を引っ張って起き上がった。

「ったく、よく言うよな、あいつ。自分がけしかけといて」

「けしかける?」

意味がわからず問い返す。小田切は、テーブルの上にあったガムを口に放り込むと同時に、ひどくばつの悪い顔をした。

「ああ。聞いたら驚くぞ、きっと」

そう前置きしたあと、言い難そうに切り出された話は、確かに驚かずにはいられない内容だった。

「いつだったか、まだなんでもない頃、なんとなく章子におまえの話をしたんだよ。そしたらあいつ――」

「…………」

「『気になるんならやっちゃえば？　なんなら二階貸そうか？』って」

「……嘘」

信じられない。というより信じたくなかった。

「だから驚くって言ったろ？　章子にしてみたら、俺に浮いた話のひとつも与えてやりたいくらいの感覚だったんだろうが」

まんまと術中にはまった、そんな気分だった。

「まあ、便乗した俺も悪い。でも、学校に行く理由ができたのは確かだな」

「学校に行く理由って」

あまりに即物的だと小田切を睨む。

「べつにやるためってわけじゃないけど」

は、と小田切が笑った。

「会えるだろ？」

「……まあ」

そういう意味でなら自分も同じだ。学校に行くのは苦痛でしかなかったが、おかげでいまこうなったと思うと悪い気はしない。

だが、その学校が、いま小田切を排除しようとしている。

「小田切。自宅待機ってどうこと？」

裕紀は顔を強張《こわば》らせ、小田切に詰め寄った。

「ああ、そのことか」

小田切はそれほど気にしているふうでもなく、軽い調子でガムをティッシュに吐き出した。

「停学処分とはちがうって言ってるんだから、ちがうんだろ。とりあえずなにかしとかないと学校側も格好がつかないし、仕方ないんじゃないか？」

いたってのんきなものだ。

「仕方ないって……根本的におかしいだろ。なんでなにもやってない小田切がこんなめに遭わなくちゃいけないいんだよ」

「名指しだから」

「だからどうして」

その点がどうしても納得いかない。背格好が小田切と似ていたとしても、写真で確認すればきっと自分の勘違いに気づくはずだ。

「誰もが裕紀みたいな人間だったらいいけどな。まあ、なるようになるだろ」

しかも、怒っているのは自分ひとりで当の小田切がこういう調子なので、どうしようもない。

苛立ちばかりが募っていった。

小田切の自宅待機中に、同じ事件が起こったと裕紀が耳にしたのは、それから三日ほどたった日の放課後のことだった。二度目、さらには処分保留となっているさなかの出来事だったため、学校は騒然となった。

帰宅途中のN高の生徒が、公園に連れ込まれて殴られたうえ、三万円を巻き上げられたというのだ。

——小田切にやられた。

その生徒もはっきり証言したらしい。

「退学になるかもしれないいな」

悪気はないにしても、クラスメイトがぼそりとそう呟くのを耳にして、黙っているのは難しかった。

「小田切じゃない。前のも、今回のも、小田切はやってないから」

誰かが小田切を陥れようとしているのだ。理由はわからない。だが、小田切の振りをして他校生を襲うことで退学に追い込もうとしているのは間違いない。

「吉岡の言うとおりだ。小田切さんはやってねえぞ」

普段は心強い町田の援護にも心細くなる一方だ。このままでは罪を押しつけられ、なし崩しに退学になってしまいそうな気がして、それが裕紀は恐かった。

なにもできない自分がもどかしくて唇を噛《か》み締めたときだった。

「俺も、小田切さんじゃないような気がするな」

誰かがそう言うのが耳に届いた。クラス委員長だ。

「年上だし、一匹狼だからいろいろ誤解されることも多いけど、小田切さんが実際に暴力沙汰を起こしたことはないよな。それに、吉岡と仲良くなってからは、前よりとっつきやすくなったし、いまさらばかな事件を起こすとは思えない」

クラス委員長の一言の影響は大きい。場の空気が変わる。裕紀にしてみれば、小田切を信頼している人間がちゃんといる、それがなにより嬉しかった。

「って言っても、小田切さんに不利なのは変わらないけど」

付け加えられた一言については、裕紀自身よくわかっていた。

今朝も裕紀は職員室の前まで出向き、教師たちの反応を見てきた。小田切をよく思っていない教師は一定数いるので到底楽観視できるような雰囲気ではなかった。

実際、退学処分を促す話も出ていると聞く。

このままでは時間の問題だ。小田切は犯人に仕立て上げられ、早晩退学になるだろう。二年遅れでやっと復学したのに、それがぜんぶ無駄になってしまう。

「俺、今日N高に行ってみようと思ってるんだけど」

町田にこっそり打ち明ける。他のひとに知られたら、教師の耳に入りかねないからだ。

「殴り込みか」

町田も声のトーンを落として物騒な台詞を吐き、ぐっとこぶしを握った。

「ちがう。どんな感じなのか知りたいだけ。運がよければ今回の被害者に会えるかもしれないし、なによりじっとしてるとよけい不安になるし」

「そうだな。オレも行く。このままじゃすまされねえ」

町田ならきっと賛同してくれると思った。

学校が終わったあとふたりでN高に行く約束をして、それぞれの席に戻ると、教師に悟られないようできるだけ普段どおりを心掛けて一日を過ごした。

本心では、いまにも処分が決まってしまうのではないかとびくびくしていたけれど。

放課後になるとすぐ町田とふたりでN高へ向かった。

それとなく聞き込みをしたところ、すぐに被害者の名前と住所が判明し、現在自宅療養をしているという二人目の被害者、阿部孝史《あべたかし》の自宅を町田とともに訪ねることにした。

「なんだそれ。ケーキなんて買って、どうすンだよ」

相手を敵認定している町田が、不満そうに唇を歪める。町田は情報収集する間もN高の生徒に対して喧嘩腰で、間に割って入って取り繕わなければならない場面が何度かあった。

「お見舞いに行くんだから、手ぶらじゃ悪いだろ」

「お見舞いだってえ？」

細い眉が吊り上がる。といっても丸顔の町田では、いまひとつ迫力に欠けるが。

「小田切さんにやられたなんて言いやがった奴に、ケーキなんて持ってくことねえよ」

「けど、その、阿部ってひとだって誰かの被害者なんだよ。左腕を骨折したっていうんだから」

「まあ……それはそうだけどよ」

なおも不服そうな町田の心情は、無論裕紀にもよくわかる。できるなら、胸倉を掴んで「真実を言え」と脅したいくらいだ。

「ここだ、町田」

駅から徒歩で約二十分。住宅街の一角で足を止める。ガーデニングの趣味を持つ家族がいるようで、玄関の前は華やかだ。クレマチスの絡んだトレリス。冬の花々が植えられたプランター、ハンギングバスケット。どれも手入れが行き届いている。

「阿部──間違いねえな」

表札を睨みつけ、町田が大きく頷いた。

インターホンのボタンを押すと、しばらくして声が聞こえてきた。若い男の声だ。

「あの、吉岡と申します。孝史くんはご在宅でしょうか」

『僕だけど……どこの吉岡さん？』

インターホン越しの声の主は、本人だった。

「突然すみません。小田切洋治《ようじ》くんの友人なんですが──話を聞かせてほしくて伺いました」

きっと断られる。それでも粘れるだけ粘ってみるつもりで来てみたが、意外にも阿部は玄関の扉を開けてくれた。

「どうぞ。両親は仕事で、いま僕ひとりしかいないから」

阿部は、N高生らしく見るからに優等生だ。三角巾で吊った左腕が痛々しい。

「いいんですか？」

玄関から中へ入ると、裕紀は首に巻いていたマフラーを外した。

「友だちの報復に来たってわけじゃないんですよね」

「報復、ってまさか。話をしに来ただけです」

意外なほど阿部は落ち着いている。小田切をはめるために嘘をついている人間にはとても見えなかった。

「だったらどうぞ。あまり役に立てそうもないけど」

裕紀は、終始無言で強面を作っている町田とともに上がり込んだ。招き入れられた阿部の部屋はイメージ通り整理整頓されていて、本棚に並んでいるのは参考書や海外ミステリだ。

「あの、これどうぞ」

カーペットの上に腰を下ろしてすぐ、持参したケーキをガラステーブルに置く。阿部はベッドに腰を下ろすと、ありがたいことによけいな話は省き、さっそく本題に入った。

「気を遣わせて悪いね。で、どんな話？」

裕紀は隣の町田に視線を流してから、阿部に向き直った。

「その怪我のことなんですけど、どうして他校生の阿部さんに、犯人が小田切だってわかったのか。それが知りたくて」

「ああ、そんなこと」

きっと思い出したくないのだろう、阿部は自身の左腕に目を落とすと苦い顔になった。

「本人が名乗ったに決まってるだろ。はっきり『小田切洋治だ』って、そう言ったんだよ」

こんな話だと思った。つまり阿部は小田切の顔を知らないのだ。

「相手が名乗ったから小田切だと思っただけで、本当にそれが小田切かどうか確証はないんですね」

期待から思わず身を乗り出す。

しかし、そううまくはいかなかった。

「まさかそれだけで僕が断言したと？　そんないいかげんなことしないよ」

「え……でも」

だったらなぜ。

「小田切洋治は有名だし、写真でも確認させられたから。あれは小田切洋治だった。絶対間違いはないよ」

「は？」

それまで唇を引き結んでいた町田が歯を剝《む》く。

阿部がびくりと肩を跳ねさせたのがわかり、裕紀は町田を制した。

「あの、でも、最初のとき小田切は俺と一緒にいたんです。だから今回も人違いだと思うんです」

しかし、これも通用しない。

「長谷川《はせがわ》のときがどうだったか知らないけど、僕のときは間違いなく小田切だった。友だちのきみには申し訳ないけど」

「もう一回見てください」

あきらめきれず、携帯で撮った小田切の写真を阿部に示した。少し前に町田が見せてくれた、以前バイク仲間で撮ったというものだ。

「これが小田切です」

しばらく写真を熟視していた阿部だが、携帯を返してきた。

「何度見ても同じことだよ」

しつこいと思っているのだろう、うんざりした様子で首を横に振る。

「でも、小田切は……」

「吉岡」

町田が不快感もあらわに立ち上がった。

「端から決めつけてるんだから、意味ねえよ。小田切さんがやってないって言ってるんだから、俺らはそれを信じるだけだ」

「町田――」

町田に急かされ、裕紀も仕方なく腰を上げる。町田の言うとおり、これ以上居座ったところで阿部には期待できそうになかった。

念のため携帯の番号を伝えて、なにか思い出したら連絡してもらえるよう頼み、暇《いとま》を申し出る。

「悪いね。せっかく来てもらったのにお役に立てなくて」

「……いいえ」

気落ちして阿部の家を辞《じ》するしかなかった。

「どうしよう」

帰り道、覚えず泣き言が洩れる。なんの役にも立てなかったどころか、阿部に決定的な証言をさせただけになった。

「しょうがねえよ、吉岡。所詮、N校の奴なんかに聞いたのが間違いだったんだ。あいつら、他校を見下してやがるし。オレらで調べようぜ。きっと誰か目撃者がいるはずだ」

見下しているかどうかはさておき、こうなった以上もはや目撃者を当たる以外の手立てはないだろう。目撃情報はないと聞いているが、捜せばひとりくらい出てくる可能性もゼロではない。

「そうだね」

町田の存在を心強く思いつつ、裕紀は同意する。もしひとりだったら、きっと落ち込んでいただろう。

「吉岡、小田切さんとこ寄ってくんだろ」

「うん。そのつもりだけど」

小田切は夜七時からアルバイトに行く。いまは六時。まだ一時間あるので、様子だけでも見にいっておきたかった。

「じゃあ、オレは最初の、長谷川って奴がやられたっていうコンビニ付近を適当に当たってみてから帰るよ」

「わかった。頼むな、町田」

「おう」

町田と別れてバスに乗り、小田切のアパートを目指す。窓の外の景色はすっかり夜の様相を漂わせ始めていて、到着したときにはもう六時半近くになっていた。駐車スペースに小田切のバイクがまだ停まっているのを確認してから、急いで二階に上がる。

チャイムを押すと同時に、気が急《せ》いて声をかけた。

「俺だよ。吉岡だけど」

すぐにドアが開く。小田切は裕紀を見て、少しだけ表情を和らげた。

「遅いから、今日は来ないのかと思った」

「ごめん」

三和土《たたき》に立ったまま謝罪する。

「ちょっと先生に雑用言いつかって、遅くなった」

N高にいったことは言わない。なんの成果もなかったし、言えばきっと心配して、やめろと止められるに決まっているからだ。

「もう出る？」

ああ、と小田切は答える。

「送ってくよ」

「いいって。バスを使うから。顔見にきただけだし」

顔を見て安心した。そう言って笑うと、小田切がこめかみを指で押さえる。かと思うとその手をこちらへ伸ばし、腕を掴んできた。

「……小田切」

ぐいと引き寄せられ、バランスを崩した裕紀は小田切の胸に倒れ込む。

「悪い。すぐすませるから」

「え……あっ」

小田切は裕紀の身体を返し、ドアに押しつける。戸惑っている間にもスラックスと下着を一気に下ろし、背後から被さってきた。

小田切の意図に気づき、かっと羞恥心に駆られる。

「こんなとこで……っ」

薄いドアを隔てた向こうは外だ。いつ隣人がこの前を通らないとも限らない。とは思うものの、自分でもなんの抵抗にもなっていないことはわかっていた。

「おまえが可愛いこと言うから、勃《た》っちまった。責任取ってくれ」

「……っ」

腰に押しつけられた硬い感触に、裕紀は胸を喘がせる。前に回った大きな手で性器を扱かれて、あっという間に裕紀もその気にさせられてしまった。

「……小田切っ」

裕紀の滲《にじ》ませた蜜を後ろに撫でつけ、入り口を濡らされた。そのまま指で抉《こ》じ開け、緩ませると、指を挿入してきた。

「痛っ、あ」

ドアに両手をつき、その感触に耐える。抗おうという気持ちは微塵もなかった。

「あ」

指が抜かれる。すぐさま入り口に熱が押し当てられた。

「んぅ──っ」

大きな手で口を塞がれると同時に、熱い楔に貫かれる。衝撃に全身が震え、立っているのも難しくなった。

「ごめんな。いつも塞いで」

「……んっ」

謝る必要なんてない。どんなときでも小田切に求められるのは嬉しいことだ。

「つらかったら、俺の手噛んでいいから」

そう言って奥まで挿ってきた小田切は、ゆっくりと動き始める。

「う、う、う……っ」

短い息をついて衝撃に耐えていたのは短い間だった。後ろを突かれながら同時に前を擦られると、奥深くから憶えのある快感が湧き上がってくる。いったんそうなるとあとは呆気なかった。

気持ちよさに裕紀も腰を揺らし、あっという間に頂点に押し上げられる。小田切に擦られている性器が濡れた音を立て始めると、もっと強い刺激が欲しくなる。

「うぅぅ、んっ」

小田切にはちゃんと伝わったようで、すぐに欲しいものが与えられ、裕紀は震えるほどの絶頂を味わった。

「ふっ……ぅん」

遅れて小田切が自身を引き抜き、裕紀の狭間に擦りつけながら達する。がくりと膝を崩した裕紀だが、床につく前に小田切の腕に抱き留められると自然にキスを求めていた。

肩越しの口づけを交わしながら、行為の間だけ忘れていた不安がまた頭をもたげてくる。今日、阿部に会ったことは小田切には話せなかった。

「ちょっと待ってろ」

そう言った小田切はタオルで残滓《ざんし》を拭ってから下着とスラックスを直してくれる。その間されるがままになっていると、今度は正面から抱き締められた。

「五分だけこうしてよう。五分たったら送ってく」

「ごめん。時間がないのに」

「こっちこそ、時間がないときにがっついて悪かったな」

茶化した言い方で小田切が笑ったので、裕紀も一緒に笑った。

小田切であるはずがない。

大事な友だちを亡くして、自暴自棄になるほど傷ついた過去があるからこそ優しく、頼もしい。裕紀自身のこともこれ以上ないほど大切にしてくれる小田切が、理由もなく誰かを傷つけるなど有り得ない。被害者も、学校も、小田切のことをまるでわかってないのだ。

「明日は学校に来られる？」

仮処分は確か今日で終わったはずだ。

「いや」

予想外の返答に裕紀は息を呑んだ。

「……なんで」

「延びた。二度目があったからな」

小田切はなんでもないことのように言うが、自分にとっては衝撃的な一言だった。

身体を離し、正面から向き直る。

「どうしてこんなことに……誰が、なんのためにこんなことするんだよ。このままじゃ、小田切、退学になっちゃうかもしれない。せっかく小田切が……っ」

今日会った阿部や学校に対する怒りとともに、無力な自分を痛感する。こんなところで文句を言うことくらいしかできない自分が情けなかった。

きつく噛み締めた唇に、指が触れてきた。

「そんな顔するなって」

宥められて仕方なく唇を解く。

小田切はいつもと変わらず淡々と言葉を重ねていった。

「俺をよく思ってない奴はいくらでもいる。好きにやってきたツケだ。それはしょうがないことだと思っている」

バイクで事故を起こしたこと以外は知らない。その前、その後の小田切がどんなふうだったか。なにをしてきたか。

しかし、たとえ過去がどうであろうと、いまの小田切が他人を傷つけるはずがない。それだけは断言できる。

「……小田切」

「大丈夫だ。やってもないことを押しつけられるつもりはないし、せっかく復学したんだ。そう簡単にやめてたまるかって」

笑顔を見せる小田切に、裕紀も無理やり笑おうとする。頬が引き攣り、とてもうまくいったとは言えないけれど、いまはそれが精一杯だった。

小田切の肩口に額をつけたのは、顔を見られたくなかったからかもしれない。密着しているのに、頭の中では不穏なことを考えていた。

もう一度阿部に会いにいこう。最初の被害者、長谷川にも話を聞いてみなければ。それから、現場付近にも行って状況を確認したいし、目撃者捜しもするつもりだ。

自分のできることなどたかが知れているけれど、なにもしないよりはマシだろう。

「タイムリミットだ」

小田切が裕紀の頭にぽんと手をのせた。

「送ってく」

「……ごめん」

「なに謝ってるんだよ。そもそも俺のせいだろ」

小田切がいつもどおりでいるなら、たとえ表面上だけであっても自分もそうありたい。いや、そうあるべきだ。

家の前まで送ってもらうと、小田切と別れた。

玄関で靴を脱いでいると、リビングダイニングから父親が顔を覗かせた。

「おかえり。裕紀の好きな煮込みハンバーグがもうすぐできるぞ」

「作ってるのはお祖母ちゃんだろ」

「父さんもこねたぞ」

胃潰瘍《いかいよう》を患《わずら》って以来祖父母宅で始まった同居は特に問題もないが、慣れるまでには時間がかかりそうだ。恨んでいるわけではなくても、離婚時に不要な息子扱いされたことはまだ脳裏に残っている。

とはいえ、以前より関係が軟化したのも本当だ。

仕事仕事でほとんど食卓を囲むことがなかったというのに、最近は週四の割合で祖父母と父親、自分の四人で夕飯を食べている。

どういう心境の変化なのか知らないけれど、特に祖母が嬉しそうに見えるのでいまさら水を差すつもりはなかった。

「バイクの音がしたが、小田切くんか？」

この問いには、黙って頷く。

「今度、うちにも連れてくればいい」

「いい。そういうの、かえって気を遣うし」

小田切のことを父親がどう思っているのか知らない。なにも聞いてこないからといって、内心も同じと受け止めるのは単純すぎるだろう。

もし、本当に友だちかと問われたら。もし、つき合いを反対されたら。

自分の答えは決まっている。

――つき合いはやめないし、友だちじゃないから。

そのとき父親はどんな反応をするのか、いまはまだ想像するのは難しい。

着替えをすませた裕紀は、手を洗ってリビングダイニングに入った。

「なにか手伝うことある？」

父親ばかりか祖父母まで目を丸くする様を前に、これまでの自分の振る舞いがどうだったか察せられて気まずくなるが、あえて素知らぬふりをした。

それが祖父母や父親のためなのか、自分自身のためなのかはさておき、すでに以前とは変わっているのは確かだった。


翌日、登校して早々、裕紀は職員室に呼ばれた。心当たりといえば——前日の、阿部の家を訪ねた件だろう。

「先方から苦情が来てるぞ」

案の定開口一番でそう言われ、思わず舌打ちが出そうになる。昨日の今日という速さもだが、あまりに露骨だったからだ。町田が呼ばれていないとなると、阿部はよほど裕紀のことが気に入らなかったらしい。

「おまえ、被害者に会いにいって、人違いだと言えって強要したそうじゃないか」

副島《そえじま》が苦い表情で責めてくる。

「強要なんてしてません。もう一回確認してくれないかとお願いしただけです」

「被害者のほうはそう思わなかったみたいだぞ。だいたい吉岡がでしゃばることじゃないだろう。この機会だから言うけどな。おまえ、前に小田切とは仲がいいわけじゃないと言ったよな。あれは嘘だったんだな。聞いたぞ。おまえたち、よく一緒にいるそうじゃないか。先生があれほど忠告したっていうのに」

「………」

明らかに批判が含まれていて、裕紀は唇を噛む。副島は小田切を疎《うと》んじている教師のひとりだ。いや、小田切という以前に、自分のクラスに問題が起きることをなにより嫌っている。小田切とのつき合いを再三にわたり止めるのも、問題児は孤立させておけばいいと、短絡的な考えによるものにちがいなかった。

「まあ、それはともかくだ。これ以上よけいな真似をしてくれるなよ。小田切が退学になったとき、吉岡、おまえも巻き添えを食らってもいいのか？」

腰に手を当て説教してくる副島に、反感がこみ上げる。担任なら信じろよ、と心中で吐き捨てた。

「小田切は退学になりません。やってもないことで退学になるわけないです」

副島にとって大事なのは真実ではなく、外聞だけだ。だから、自分の立場を脅かしかねない小田切を邪魔にするのだ。

「おまえなあ。よかれと思って親身になってるのに、まだそんなことを言うのか」

副島の顔に、明確な険《けん》が滲む。

「おまえには失望したよ。もっと優秀な生徒かと期待してたのに、結局これか。前の学校じゃ、出席日数はともかく成績はトップクラスだったんだろう？　先生は、不登校になったのはおまえ自身が弱いせいだと思うぞ」

なんだ、と副島の言い分に苛立ちがこみ上げる。ようは、俺はおまえの心配をしてやっていると言いたいのだ。

これ以上ここにいても無駄でしかないので、一礼すると踵《きびす》を返した。

「おい、話はまだ終わってないぞ」

「もう、いいです」

不快感を懸命に抑えつつ、もう一度ドアの前で頭を下げる。

「十分わかりました。先生にご迷惑をかけることはしませんから」

副島は、軽く上下に首を振りながらおもしつこく釘を刺してきた。

「わかってくれたんならいい。この件に関わるなよ」

返事をせずに職員室を出た途端、ため息がこぼれ出た。まさか阿部が学校に苦情を入れるとは――昨日の様子からは想定できなかった。これではもう訪ねていくことはできない。確かに少し強引な部分はあったにしても、こちらも必死だからなのに。

「あれ、吉岡」

いつの間にか目線を下へやっていたらしく、廊下で声をかけられて顔を上げる。遠藤だった。

裕紀自身はあまりいい印象を持っていないし、おそらく遠藤にしても同じだろうに、まるで過去のいざこざなどすっかり忘れてしまっているかのような気軽さで話しかけてくる。

「呼び出しか?」

三年生は卒業式当日まで登校しなくていいはずだ。卒業後、遠藤は親が経営している建築会社に就職すると聞いている。

「どうしたんですか」

特に興味はなかったものの一応問うたところ、遠藤はばつの悪そうな顔でこめかみを掻いた。

「補習。とりあえず卒業しなきゃ、今度こそ俺ぁ親に殺される」

ああ、と裕紀は頷いた。

「それでなくても一年ダブってるから」

「おまえ、ひでえことをさらりと」

言葉どおり厭そうに、遠藤の鼻に皺が寄る。

「無神経ってか、結構図太い性格してるよな」

この一言には納得しかねる。おまえには言われたくないと思ったが、不愉快な過去を持ち出すつもりはなかったので無言で聞き流した。

それに、図太くもなる――というより図太くないとやっていられないという気持ちだった。こうもトラブルが続いてしまっては、誰だって多少面の皮は厚くなるだろう。

「まあ、おまえのヨージくんは、二年もダブってるんじゃやなかったっけ？」

遠藤にしてみれば冗談半分なのかもしれない。が、いまの自分には笑うどころか不快になるだけの台詞だ。

唇を引き結び、無視して立ち去ろうとすると、なおも遠藤は引き止めてくる。

「それはそうとさ」

これまでとは口調が一変した。遠藤がなにを言わんとしているのか、これだけで予想はついた。

「小田切、妙なことになってんだって？」

なんのかの言ってもつき合いは長いようだし、心配してるのだろう。遠藤のことは信じていないが、この一点においては別だ。

「……うん」

今度は裕紀も素直に応じた。

「吉岡の呼び出しもそれと関係ありか」

「昨日、被害者の家を訪ねたから……それで」

「あー……そういうことか。しっかし、どこのどいつだ。そんな茶番仕組んだのは」

ふんと鼻を鳴らした遠藤に、心から安堵する。誰かに手放しで認めてほしかったのだと、遠藤の一言で気がついた。

「遠藤も、茶番だって思う？」

「ったりめえだ。そんなショボいこと、小田切がするわけないだろ。その被害者って奴、そもそも本当に被害者か？　そいつが仕組んでるってことねえだろうな」

ここに町田がいればと思わずにはいられなかった。きっと町田なら、遠藤と盛り上がったはずだ。

「N高の生徒だよ」

裕紀がそう返すと、遠藤の眉間の皺はさらに深くなる。

「わかんねえぞ。頭のいい奴の考えることは俺らには計り知れねえからな。その被害者って奴も案外小田切のファンで、構ってほしいだけなのかもしれねえだろ」

それはあんただろと思ったが、口にするのは遠藤のためにやめておいた。

「だいたいさ、そいつ、小田切が名乗ったって言ってるんだろ？　どこの世界に悪さして自分から名乗る奴がいるよ。茶番だってことくらい、普通に考えりゃわかることだろ」

「でも、阿部くんは絶対小田切だって言うし」

間違いないと言い切った。だとしたら小田切に似た人間がいて、小田切の名を騙《かた》ったことになる――漫画じゃあるまいし、そんな話があるだろうか。

「阿部？」

ぴくりと頬を動かした遠藤が、その名前をくり返した。

「そう。昨日、俺が会ってきた被害者」

「阿部なに？　下の名前」

「……確か孝史だったと思うけど」

心当たりでもあるのか。期待して遠藤を窺う。

だが、遠藤はなにか考え込んだ様子で黙り込み、なにも話さなくなった。

「遠藤」

焦れてこちらから問い質《ただ》そうしたが、遠藤を呼ぶ大きな声にさえぎられた。どうやら補習の時間らしい。

「やば」

一度携帯に目をやったあと、遠藤は慌てた様子で教師に手を振る。

「俺もちょっと当たってみる。小田切んとこにも顔出してみるし。吉岡は——あんまりうろつくなよ。じゃあな」

口早に言い残し、その場を去っていった。

「……うろつくなって、なんだよそれ」

せめて阿部の名前に心当たりがあるならあるで、どういう関係なのか説明してからにしてほしかった。

こうなったら補習が終わるまで待つか。と一度はそうしようとした裕紀だが、時間の無駄だと考え直す。うろつくな、なんて釘を刺してくるくらいなので、遠藤がこちらに協力してくれる可能性は低いだろう。

「…………」

ため息しか出ない。

そもそも小田切本人が悠長に構えているのが間違いだ。自分や町田を巻き込みたくないからなのだとしても——いや、だからこそじれったい。助けてくれと言われたほうがよほどマシだ。だが、小田切はけっしてそう言わないというのもわかっている。なにもかも自分ひとりで向き合い、乗り越えてきたような人間だから惹かれたのだ。

「でも、頼ってほしいんだよ」

またこぼれそうになるため息を、ぐっと呑み込む。何度ため息をついたところでなんの解決にもならない。それなら、たとえやせ我慢であっても堪えるべきだ。

つまらない意地であっても、いまの裕紀には大事なことだった。


阿部から連絡があったのはその日の午後、休み時間に町田と今後の対策について相談していたときだった。

最初の被害者、長谷川が襲われたというコンビニ付近はどうだったのかと裕紀が問うて、

「ぜんぜんだ」

町田が苦々しくそう答えた、直後にちょうど携帯が鳴ったのだ。

『吉岡くん？　阿部だけど』

まったく期待していなかったので、かかってきたときは正直驚いてしまった。

『今朝になって思い出したことがあったから、伝えておこうと思って』

衝撃が顔に出たのだろう、町田は食い入るように裕紀を見つめてくる。阿部が学校に苦情を入れてきた件については町田にまだ伝えていなかったが、いまは関係なかった。

『もしかしたら、記憶違いがあるかもしれない』

「本当ですか」

鼓動が速くなる。携帯を握る手にも力が入った。

『うん。小田切の傷痕は——右だっけ？』

「そうです」

『そこなんだよなあ。目尻の傷痕なんてめずらしいだろ。風貌も似てたし、それで小田切だって思い込んでたんだけど……いま思い返してみると、左にあったような気がするんだよ』

ごくりと喉が鳴った。信ぴょう性の高い証言だ。

「それ、先生に言ってもいいですか」

被害者自らの言葉なので、認められればもう目撃者探しなどするまでもなく、小田切の冤罪《えんざい》は即座に晴れる。

『ちょっと待って。僕も念には念を入れたいから。また間違えたじゃシャレになんないし』

「わかってます」

同感だ。焦って失態を犯せば、今度こそ小田切は追い込まれてしまう。

『吉岡くんさ、写真、もう一回見せてくれるかな。見て、ちゃんと確認したら、先生に僕の口から言うよ』

「都合のいい時間を教えてくれたら、すぐに持っていきます――はい。大丈夫です」

見えてきた希望の光を絶対逃したくない。承諾した裕紀は携帯を切ると同時に席を立った。

「なんだって？」

町田が怪訝な顔でこちらを見てくる。

いまは説明する間も惜しい。

「小田切の濡れ衣、晴れるかもしれない。先生には適当に言ってごまかしといて」

とりあえず鞄を掴むとそれだけ言い残し、六時間目のチャイムが鳴る直前に教室を飛び出した。

「お、おい！　吉岡っ。どこ行くんだよ！」

町田の声は耳に入っていたが、無視して先を急いだ。

阿部の家まで、電車を使って三十分足らず。けれど、一時間にも二時間にも感じられた。

数日前にも訪ねた場所の前まで来たときにはやけに緊張していて、息をつめてインターホンを鳴らしたのだ。

出てきたのは、今日も阿部本人だった。どうやらまだ阿部は学校を休んでいるのか、制服姿の裕紀とはちがい、ラフな普段着を身につけていた。

「悪いね。わざわざ来てもらって」

玄関を入ってすぐのリビングに通される。はやる気持ちを抑えつつ、裕紀は立ったままでさっそく本題に入った。

「あの、写真を見てもらっていいですか」

居ても立ってもいられない気持ちで早速ポケットから写真をとり出し、阿部に手渡した。期待でいっぱいだったのはこちらだけで、阿部はろくに見ずにそれをローテーブルの上に放り投げた。

「あの……」

「そこ適当に座って」

リビングのソファを示され、急ぎすぎていた自分を恥ずかしく思いながら腰を下ろす。内心は早く写真を見てもらって「人違いだった」と言ってほしかったが、強引に迫って阿部の機嫌を損ねてしまっては元も子もなくなる。

阿部も裕紀の向かいに座った。

テーブルの上には、裕紀が持参した写真がある。けれど、阿部はそれには一瞥《いちべつ》もくれず、自分が呼びつけた客人も無視して携帯を弄《いじ》るばかりだ。

半面、機嫌は悪くなさそうに見える。

二十分ほどは我慢していた裕紀だが、とうとう堪え切れずに身を乗り出した。

「写真、見てくれませんか」

携帯から視線を上げた阿部が、ようやく写真を手にする。

「あの……どうですか」

黙って見つめるばかりの阿部に返答を求めると、返ってきたのは的外れな答えだった。

「きみ、小田切の写真を常に持ち歩いてるんだ？　学校から直行してきたんだから、そういうことだよね」

「……え」

「意外。あの小田切がねえ。まさか男が好きだったとは」

にやにやと笑いながら、ゆっくりと写真をふたつに裂いていく。真面目な優等生の顔も、一瞬にして剝《は》がれ落ちた。

「……阿部、くん」

いったいなにが起こったのか、裕紀には理解できなかった。なぜ阿部が笑うのかも、写真を引き裂くのかも。

戸惑い、阿部を見つめるばかりになったとき、耳に届いたバイクのエンジン音に我に返った。

「ああ、やっと来た」

ソファを立ち上がった阿部は玄関に向かう。戻ってきたときにはひとりではなかった。後ろに三人ばかりいる。

なにがなんだかわからず、茫然とする。それでも、これがけっして歓迎すべき事態ではないことだけは確かで、裕紀は三人へ視線を向けた。

「こいつ？」

裕紀に接近してきたのは、銀色のピアスをした男だ。

「小田切のオンナ」

一瞬、どういう意味なのかぴんとこなかった。理解してからは、羞恥心や憤り、不安、苛立ち、いろいろな感情がごちゃまぜになり、頭に血が上った。

「……なに、言って」

伸びてきた手に思わず身をすくめると、残りの三人が声を上げて笑う。ピアスの男は調子づき、さらに揶揄する。

「なあ、あんた。小田切に突っ込ませてんだろ。やっぱすごい？　デカそうだもんなあ」

露骨な言葉に、震えるほどの激情がこみ上げてくる。なぜ見ず知らずの、こんな奴らに揶揄《からか》われなければならないのか。

絶対に恥ずかしがってなんかやるものか、と裕紀は必死で平静を装い、男たちを見据えた。

「やけに興味津々じゃないか、長谷川。おまえもソッチの趣味があったりして」

だが、阿部のこの一言に愕然とする。阿部の口にした「長谷川」という名前に、だ。長谷川――一人目の被害者が、『長谷川』だった。

反論することも忘れて、裕紀は長谷川と阿部を凝視する。ふたりともN高生らしく、育ちも頭もよさそうだ。

一方、自分がはめられたことにも気づいた。

「やっと外せる。うざくて堪んなかったよ」

もはや取り繕うつもりもないのか、阿部がそうこぼしながら左腕の三角巾を外した。それから腕に巻いていた包帯もすっかり解いてしまう。

そして、あらわにした腕を回したり振ったりして、いたって健常なことをアピールしてみせる。

「……どうして、こんな嘘を」

人違いどころか、初めからすべて小田切を陥れるために仕組まれたのだ。襲われたというのも、それが小田切の仕業だというのも、ぜんぶ嘘だった。

「どうしてかって？」

阿部が忌々《いまいま》しげに吐き捨てる。

「目障りなんだよ。小田切が」

阿部の顔からいままでの余裕が消える。乱暴な言葉どおり、小田切を心底疎んじているのが伝わってきた。

「言っとくけど、俺のほうはべつになんの恨みもない」

その隣で、長谷川が茶化すように両手を上げた。

「けど、阿部が手伝ったら小遣いくれるって言うからさ。それに、小田切を潰したとなれば俺もちょっとは名が知れるかなって思って。まあ、一番の理由は暇すぎて退屈だったってことなんだけど」

間違いなく優等生だろう長谷川の言葉には愕然とする。暇潰しで他人の人生を玩具《おもちゃ》にすることに、罪悪感どころかなんの躊躇もないのだ。

「よけいなこと喋《しゃべ》るな」

一方で、阿部は不快感をあらわにする。きつい口調で長谷川を窘《たしな》めたあと、こちらへ向き直った。

「さておき。きみに質問があるんだ」

ふたたびその顔に薄ら笑いが浮かぶ。なにか企みがあるだろうことは表情から明らかだったが。

「自分の『オンナ』に手出しされたと知ったら、小田切はどうすると思う？」

よもやこういう話になるとは予想だにしていなかった。

前の学校は、同情や陰口にうんざりして不登校になった。無論、それ以前に自分の性格もあって本気で相談できる友人ひとりいなかったせいも大いにある。

編入してからは極力周囲とかかわらないようにしてきた。そのほうが楽だったからだが、かえって遠藤のような男に目をつけられるはめにもなった。

だが、こういう悪意を示されたのは初めてだ。

内心の動揺を押し殺して、相手にしていられないという態《てい》を装い、裕紀は肩をすくめてみせた。

「なにを、勘違いしてるかわからないけど、俺には関係ないよ」

過去に何度も使った言葉を口にする。いまは、この状況をどうにかしたい一心からだ。

「勘違いしてるのはそっちじゃないの？」

阿部は、鼻であしらった。

「バレてるんだって。小田切の友人にしちゃ毛色がちがうから、最初から変だとは思ってたんだよ。そうしたら、家まで押しかけてくるんだもんな。笑うしかないって」

ちらりと流した視線の先には、阿部が裂いた写真がある。

「なに、この顔。毒気抜かれたってより、牙まで抜かれてるじゃん。小田切も終わったよな」

「…………」

いったい阿部はなにが言いたいのか。なぜ小田切に執着するのか。過去を知らない自分には少しも察することはできない。

「学校帰りは頻繁にデートだって？　そっちの学校の知り合いにちょっと聞いてみたら、相当親しいって教えてくれたよ。もっともそいつは、普通の『友だち』だと思ってるみたいだけど」

「……友だちだよ」

自分でもこれが言い訳でしかないとわかっていた。阿部が信じるはずがない、と。

案の定阿部はひとしきり笑い、そのあとで侮蔑の視線を向けてきた。

「面白すぎるだろ。小田切を少しでも知ってる奴なら、誰もあんたを見て『友だち』だとは思わないよ。あんた、小田切のことなんにも知らないんだな」

「……っ」

「知らずに股だけ開いてんなら、やっぱり『オンナ』じゃん」

ひゅっと喉がおかしな音を立てた。

それだけショックで、頭をなにかで殴られたような感覚にさえ襲われた。

阿部の言葉に、裕紀はなにひとつ反論できない。自分自身はちがうと思っていても、ただ守られるだけの存在なら確かに友だちとは言い難い。

「小田切、あの事故で頭がイカれたのかな。それとも、あんたの具合がよっぽどいいのか」

「……っ」

全身が震えるほどの悔しさを味わう。だが、どれほど屈辱的な言葉をぶつけられようと、いまの自分には唇に歯を立てる以外できることはなかった。

黙り込むと、興味を失ったのか阿部は視線を外す。初めから阿部には小田切しか見えていないので、当然の反応だ。

裕紀など、小田切を誘《おび》き寄せるための道具くらいに思っているのだから。

「それじゃ、そろそろ行こうか」

ふいに阿部がこちらへ手を伸ばし、腕を掴んできた。

「行くって、どこに」

それだけ発した裕紀に、そんなこともわからないのか、とでも言いたげな表情で阿部が答えた。

「S峠だよ」

「S峠——？」

困惑するまま阿部に連れられて外に出ると、家の前には長谷川たちが乗ってきたらしいバイクが停められていた。それを目にした途端、まさかという疑念が正しかったと気づく。

阿部もガレージから自身のバイクを出すと、裕紀へ向かってヘルメットを放ってきた。

「乗れよ」

と言われて大人しく乗るほど考えなしではない、つもりだった。住宅街では逃げるのはそれほど難しいことではない。大声で騒ぐなり、近くの家へ助けを求めるなりすればいいだけだ。

「乗らない——って言ったら？」

阿部は嗤笑を浮かべた。

「乗るだろ。だって、あんたは小田切のために来たんだから。このまま逃げ帰っちゃ意味がない」

「…………」

即答しないこと自体、すでに阿部に踊らされているという証拠だろう。迷い、黙り込む裕紀に、阿部が駄目押しをしてくる。

「俺に撤回してほしいんだろ？　だったら一緒に来ればいい」

以前も、望んでもいないのにいろいろなひとが小田切の話をしてきた。他人の口から語られるそれを、裕紀は多少の後ろめたさとともに聞いた。

結局、いまも同じだ。

確かに小田切を助けたいというのが一番の目的だ。が、阿部がどうして小田切を恨むのか、知りたいのも本心だった。

結局、裕紀は阿部の後ろに跨がった。轟音を響き渡らせて一台、また一台とバイクは発進し、阿部は最後尾につけた。

不安がないと言えば嘘になる。以前の裕紀ならきっと面倒事にはかかわりたくないと逃げ出していたはずだ。

それどころか阿部の家を訪ねることすらしないだろう。だが、いまの自分はもう以前とはちがう。守りたいひとがいる。だからこそ迷うし、阿部の誘いを受けてしまうのだ。

街中を走り抜けると、郊外へ向かう。それにつれて車もひとの姿も減っていき、目に見える風景も変わっていった。

その頃にはあたりも薄暗くなっていて、街灯が灯《とも》り始める。

寒さは感じなかった。それなのに唇が震えるのは、緊張のせいかもしれない。

しばらくして、細い脇道に入った。そこからはカーブの連続で、ずっと上り坂だ。確認はしていないものの、ガードレールの向こうはおそらくは切り立った崖だろう。

中腹あたりまで来たとき、前を走る三台のバイクが唐突に停まった。阿部も停まると、裕紀に降りるよう指図する。

バイクを降りた裕紀は、ヘルメットを脱いだ。

いったいなにをするつもりなのか。怪訝に思って問おうとしたとき、阿部が愉しげな声を投げかけてきた。

「いまからゲームをしよう」

バイクのライトに照らされた阿部の表情から、実際昂揚が見てとれる。裕紀にしてみれば、疑心だらけだ。

「ゲームって」

「単なる鬼ごっこだよ。あんたが逃げる。百数えて、俺たちが追いかける。掴まったらあんたの負け。逃げ遂せたら勝ちだ」

意味がわからない。そもそもどうしてそんな遊びに自分がつき合うと思っているのか。

「なんのために、そんなこと」

するかしないか、返答するまでもないと口調に込めた。が、阿部は本気でゲームをする気でいるようだ。

「なんのためって、大事な大事な小田切のためだろ？　あんたが勝ったら、俺が事実を話すって言ったらどう？　少しはやる気になった？」

いまの一言は、すべて嘘だと白状したも同然だ。

それでもまだ納得できない。基本的なことをなにも教えられていないのだ。

「阿部さんは、なんでそんなにも小田切を目の仇にするんだ」

「実際仇なんだよ、小田切は」

だが、よもやこんな返答があるとは――絞り出すように発せられた一言に、以前小田切から聞いた言葉が脳裏によみがえった。

――ガードレールに突っ込んで即死だ。俺もそのとき死ぬはずだった。

「真辺《まなべ》さんの……」

ぽつりとこぼした裕紀に、

「へえ、あいつはそんなことまであんたに話したのか」

阿部の声が上擦る。平静を装っていても、それだけの激情があるという証に思った。

「バイクで事故を起こしたって」

それ自体不幸な話だ。小田切自身一時は生死を彷徨《さまよ》ったらしいし、友人はその事故で亡くなってしまった。

「事故？　事故だってあいつは言ったのか」

阿部がこちらへ足を踏み出した。暗くてよく見えなかったが、目の前に立った阿部の顔が怒りで歪んでいるのがわかった。

「笑わせる。自分のせいなのに、事故だって？」

「え」

いまや阿部の憎しみは裕紀自身にまで及んでいるように見える。事故なのかそうでないのか、本当のところは知りようはないが、少なくとも阿部は真辺が死んだのは小田切のせいだと思い、恨みを募らせているのは確かだ。

「なにごちゃごちゃやってるんだよ。始めないんなら、俺ら、帰りたいんだけど」

長谷川が退屈そうな様子で割り込んできた。

おかげで肝心のところを聞きそびれてしまい、裕紀は阿部の名前を呼ぶ。

「阿――」

「始めよう」

だが、当の阿部はすいと裕紀から顔を背けた。同時にまた冷めた態度に戻ったが、冷静でないのは、ばかげたゲームを続けようとしている事実でも察せられる。

「ああ、心配しなくてもあんたにもチャンスをやる。小田切に電話するといいよ」

携帯を取り上げられない理由か。

阿部はむしろ裕紀が早々に音を上げるほうに賭けているにちがいなかった。

「小田切が間に合ったらあんたは助かる。フェアだろ?」

どこがフェアだ。

これだけの人数を集めたのは、きっと小田切に制裁を下すのが目的に決まっている。

俺を人質にして、小田切が抵抗できないようにして——想像のみでぞっとした裕紀は、まっすぐ阿部を見据えた。

「電話すると期待してるなら、残念だけど」

どうやらこれは他の三人を愉しませたようだ。

「おお！　すごいじゃん。他人のために自分ひとり犠牲になる気だよ」

けらけらと笑い声があたりにこだまする。山の中腹だからか、夜だからか、それとも心情的なものなのか、異様に響き渡っているような感じがして身の縮む心地がした。

が、撤回するつもりは微塵もない。

「ま、いいか」

阿部が首を左右に傾けた。

「なら、小田切はあんたの無残な姿を見ることになるだけだ。一時間後か、数時間後になるか」

「…………」

「じゃあ、やるよ。いーち」

阿部が数を数え始める。他の者らは、その横で走れ走れと囃《はや》し立てた。

走るにしても一本道だ。裕紀はバイクで上がってきた道を振り返る。暗い、うねった道はどこまでも続いているようにも、すぐそこで途切れているようにも見えた。

相手はバイクだ。下に向かおうが上に向かおうがすぐに掴まってしまうだろう。けれど、ここに留まったところでどうしようもない。

指示に従ったみたいで不快だが、暗い道を下を目指して駆け出した。

「ごお、ろぉく、しぃち」

阿部の声が聞こえる。

このまま走れるだけ走り続けて、どこか木の陰にでも身をひそめていれば見つからない可能性もある。いや、いっそ走りながら電話をかけるか。

無論相手は小田切ではなく――。

「町田か、遠藤……は、駄目だ」

町田も遠藤も小田切にすぐ連絡しそうだ。ふたりを除外すると、たちまち相手が浮かばなくなり、自分の交友関係の狭さを実感するはめになった。

担任も、祖父母も父親も論外だ。

はあはあと荒い息を吐きながら必死で走る傍ら、なんとか思考を巡らせようとする。けれど、なかなかいい考えが浮かんでこない。

心臓が痛くて、息苦しくて、体力が削られるばかりで脳が働かなくなっていた。

「……わ」

急ぐあまり、革靴のつま先が引っかかり身体が傾《かし》いだ。勢いのついた身体は止められず、前のめりに倒れる。反射的に両手を出すには出したが、下り坂では支えきれずそのままごろりと転がった。

硬いアスファルトで、あちこちをしたたかに打ちつける。

「い、た……っ」

すぐに起き上がったものの、膝は痛むし、どうやら左足首を捻ったらしく地面につくと激痛が走った。

「……最悪」

スラックスの下の冷たく濡れた感触は、きっと出血のせいだろう。なにをやってるんだ、と吐き捨てながらも、足を動かす以外いまはなかった。

闇の中、身を隠す場所も見つからないまま左足を引き摺《ず》り、歩を進める。

小田切のために犠牲になるのかと阿部は笑ったけれど、裕紀自身はどうして意地を張るのか判然としない。もしかしたら阿部に見下されたから、そうじゃないと反抗したいだけなのかもしれない。

たとえそうだったとしても、自分がいますべきなのはとにかく先に進むこと。こうなっても小田切に電話をしようなんて気持ちにはまったくならないのだから。

左足首が痛い。

熱を持ったように一歩進むたびにずきずきと痛んで、いまにも座り込んでしまいそうだ。

体力的にも限界がきていて、喉は焼けたようにひりひりする。

背後でエンジン音が聞こえてきた。阿部は数え終わったようだ。この程度の距離では、五分もしないうちに追いつかれてしまう。

「……くそっ」

エンジン音はどんどん大きくなる。その間にもすぐそこに音が迫ってくる。

一歩でも先に逃げようとする裕紀を嘲笑《あざわら》うかのごとく、背後からライトが差し込んできた。

アスファルトに映し出された自分の影の大きさに怯《ひる》み、思わず足を止める。振り向くと、四台のバイクが蛇行しながらすぐそこまで近づいていた。

ひと際大きくエンジン音を轟かせたバイクに、周囲を取り囲まれる。

「ゲームオーバー」

初めから勝負のついていたゲームの終わりを告げた阿部の声も、どこか弾んでいた。

「罰ゲームの時間だ。さあ、なにをしてもらおうかな」

逃げ場はない。じりじりと後退りすると、腰にガードレールが当たった。

「あんたが本物の『オンナ』だったら、ここでマワすってのもありなんだけど、小田切とちがって、こっちにはあいにくそういう趣味はないんだよ」

顎《あご》に手を当て悩む素振りを見せる阿部に、長谷川が薄ら笑いを浮かべて口を挟む。

「突っ込まれるのが好きだっていうなら、突っ込んでやれば。ちょうどいいものがある」

長谷川が手にしているのは、整備用の工具だ。

裕紀は悲鳴を殺すのがやっとだった。

「ああ、それでもいいな」

阿部がにっと笑って同意する。

「マジで？　冗談だったんだけど、阿部がどうしてもやるっていうなら、俺は止めないよ」

長谷川がずるいのは、あくまで自分は蚊帳の外でいようとするところだ。

「裸に剝《む》いて股開かせろ」

「動画撮ろうぜ」

「男の泣き顔なんて見たくねえんだけどなあ」

とても正気だとは思えないことを口々に言い、みなが迫ってくる。阿部以外にとっては、軽いお遊び程度なのだろう。

身体の震えが止まらないなか、裕紀は肩越しに背後へ視線をやる。

ガードレールの向こうは急激な斜面だ。下がどうなっているのか、暗くて確認できない。

どうすればいい。選択肢はふたつ。

このまま阿部にいいようにやられるか、それとも——。

「恨むんなら小田切を恨むんだな」

阿部がそう言った。

その一言で、裕紀は覚悟を決めた。

「どうして小田切を恨むんだよ。俺が恨むんなら、あんただろ！」

ばかにしたいならすればいい。でも、こいつらの言いなりにはならない。犠牲でも意地でも、もはやどちらでも同じだ。

「ふん。この期に及んで威勢だけはいいんだな」

自分に降りかかった火の粉くらい、自分で振り払ってやる！

腹をくくり、痛む足で踏ん張った。

「まだゲームは終わってないだろ！」

その言葉とともに、振り向きざまガードレールに片足をかける。もう一方の足で地面を蹴ろうと歯を食い縛った、直後だ。

我を忘れている自分が気づいたのだから、阿部や他の者たちも当然その音に気づいただろう。確実に近づいてくるのがわかる。

それも一台ではなく、集団だ。

ライトを目視できたかと思うと、それはあっという間に耳を覆うほどの轟音になった。

たったいままで暗かった場所が一気に明るくなり、いったいなにが起こったのかと裕紀は眩しさに目を眩める。

呆然と見つめていた、そのとき、ひとつのライトだけが矢のような速さでこちらへ向かってくるのを目にした。

裕紀と阿部たちの間を割るように飛び込んできたのは、見覚えのあるバイクだ。黒い車体で、ガソリンタンクが赤いカワサキ。それが誰であるか悟った瞬間身体から力が抜け、足許からへなへなと地面に頽《くずお》れた。

「……なんで」

十数台ものバイクは周囲を旋回したあと、阿部たちの逃げ場を塞ぐように取り囲む。長谷川たち三人はすっかり消沈し、さっきまでの余裕の態度が嘘のようだ。

「駄目じゃん。裕紀くんに悪さしたら、小田切に殺されるって」

ゴーグルをヘルメットに上げ、真っ先に口を開いたのは遠藤だった。その隣には町田もいる。あとはよくわからない。知らない顔がほとんどだ。学校の友人ではないのだろう。

「喧嘩売るなら相手を選べ。あとで悔やんでも手遅れだぞ」

中心にいる、年嵩に見える男が恫喝した。彼はその後、小田切に向かって、

「間に合ってよかったじゃないか」

歯を剝き出しにして呵々《かか》と笑う。

裕紀はしゃがみ込んだまま、唖然とするばかりだ。

「悪かった」

小田切が頭を下げると、男は親指を立て、次にはこちらへ人懐っこい笑みを向けてきた。

「あんまり心配かけるんじゃないぞ」

まるで嵐だ。男を先頭にした集団は来たとき同様エンジン音を轟かせ、長谷川たちを連れて帰っていった。

残ったのは阿部と町田、そして小田切だ。

小田切がエンジンを切り、バイクから降りて歩み寄ってきた。

「大丈夫か」

「……大丈夫」

座り込んだまま、頷く。

とりあえずそう答えたが、ほっとしたせいか、あちこちが痛かった。

「町田」

小田切に呼ばれて、町田がすぐさま反応する。だが、この後の小田切の言葉は、裕紀にとっては予想外だった。

「裕紀を連れて帰ってくれ」

最初からその手はずだったのか、町田は少しも驚かずに承知する。

「吉岡、行こう」

腕を取って身体を支えてくれたその手を、裕紀は断った。

「小田切を置いていけない」

阿部とふたりきりにするのは不安だ。阿部は、小田切に恨みを抱いている。裕紀への厭がらせにしても、小田切への当てつけだ。

「けど」

迷いを見せた町田だが、裕紀の気持ちを汲《く》んでくれたのか、無理強いしてくることはなかった。

「よくわかったな。ここが」

阿部の声は意外なほど静かだ。

「まあ、そりゃそうか。あんたの一声で動く人間はまだいくらもいる。バイカーってのはそういう繋がりが強いんだったよな。どこからでも情報は入ってくるって?」

「阿部」

小田切が阿部の名を呼んだことに、裕紀ははっとする。小田切も阿部をよく知っているのだ。

「俺に不満があるなら、直接言えばいい」

「不満？」

阿部が声を荒らげた。

「ああ、不満なら山ほどあるね。秀《しゅう》を殺したおまえが、なんでのうのうと生きてるんだよ！秀兄がガードレールにぶつかったのはおまえのせいじゃないか。そうだろ！」

なにを言っているのだ。いくらなんでも「殺した」なんて、ひどすぎる。

かっと頭に血が上り、阿部に歩み寄ろうとした裕紀だが、そうする前に小田切が口を開いた。

「そうだ。俺のせいだ」

だが、まさかこんな返答をするなんて——俄かには信じられず、小田切を凝視する。ライトに浮かび上がった小田切の表情は普段どおりで、いま聞いた言葉はやっぱり間違いだったと思うほどだ。

「まともにぶつかっていたら、ガードレールに叩きつけられるのは俺のほうだった。だから秀は咄嗟《とっさ》に方向を変えた」

「そう。おまえがいなけりゃ、秀は死ななかった。おまえの身代わりになったんだよ！　俺にとったら、秀兄は従兄《いとこ》っていうより本当の兄貴みたいなもんだった。俺のことを可愛がってくれて……おまえにわかるか？　目の前で兄貴が死ぬ瞬間を見なきゃならなかった、俺の気持ちがっ」

小田切はなにも答えない。黙って阿部を見つめ、誹《そし》りを受け止めている。いや、実際に見ているのは別のところなのかもしれない。

裕紀は、そんな小田切を一心に見つめた。

「小田切！」

阿部が叫んだ。

「おまえも俺と同じ気持ちを味わえ！」

それは、一瞬の出来事だった。突如阿部が飛びかかってくる。振り上げられたその手がライトに反射して、鈍く光るのが見えた。

思わずぎゅっと目を瞑ったのと、自分を呼ぶ町田の声が聞こえてきたのはほぼ同時だった。

「吉岡！」

殴られる覚悟をして両手で頭を庇ったが、どういうわけか衝撃はいつまでたってもこない。

恐る恐る目を開けると、視界に入ってきたのは見憶えのある黒いジャンパーだった。

いつまで待ってもなにもあるはずがない。目の前には小田切がいて、自身でかばってくれたのだ。

「……小田切っ」

はっとして小田切の顔を見る。どうやら切れているようで、額から滴った血は頬へと流れ、見る間に顔半分を真っ赤に染めていった。

「嘘……小田切！」

あまりのことに狼狽えるばかりの裕紀に、大丈夫だと小田切は笑みを作る。

「頭は血が出やすいだけで、そう深い傷じゃない」

目に入るのを嫌って腕で血を拭う様のも背筋が凍る。恐ろしさで身体じゅうが震えだした。

「な、に言ってるんだよっ。ぜんぜん、大丈夫じゃないだろ！」

「吉岡、これ使え！」

タオルを町田に手渡され、すぐにそれで額を押さえた。そのタオルもすぐに血を吸って赤く染まり、どうしていいのかわからなくなる。

「小田切さんの言ったように頭部が血が出やすいのは本当だから、落ち着け」

町田にもそう言われるが、なんの安心材料にもならない。現に町田にしても、声が上擦っているのだ。

「小田切っ」

他になにもできず、裕紀は咄嗟に小田切を掻き抱く。

「泣くなって」

笑い事ではないのに、当人は悠長なもので、くすりとまた笑った。

「本当にたいした傷じゃない。確認したが、掠《かす》っただけだ」

どうやら自分の手で触って確かめたらしい。医者の息子である町田が多少なりとも動揺しているのに、小田切が落ち着き払っているのはいろいろな理由があるのだろう。自身の怪我の状況がわかっているから。周囲を——裕紀や町田を気遣って。

そして、過去にもっとひどい傷を負った経験があるから。

それを考えるとよけいに心がかき乱され、裕紀は小田切をいっそう強く抱きしめた。

「くだらねえ」

半笑いでそう吐き捨てたのは、小田切に怪我を負わせた張本人である阿部だ。阿部は悪びれもせずに、手にしているバタフライナイフをくるりと回す。

その態度を前に、殴りつけてやりたい衝動に駆られたが、そうするまでもなかった。

「てめえ……っ」

町田が阿部に飛びかかった。

「よせ」

だが、すぐに小田切が制する。

そのときふと、転がっている工具に気づく。小田切から離れた裕紀は、それを拾い上げ、迷わず阿部に向かって振り上げていた。

「裕紀」

だが、目的を果たす前に背後から小田切に腕を掴まれる。

「こいつが復讐だって言うんなら、俺にだってそうする権利はあるはずだ」

今後もこんなことが続くなんて我慢できない。

たぶん小田切は避けようと思えば避けられただろうし、逆に阿部を殴り倒すことだってできたのに、あえてそれをしなかったのだ。

そんな小田切の気持ちを踏みにじって、まるで命が助かったことが罪だと言いたげな阿部がどうしても許せない。

「駄目だ」

小田切は、両腕を回して背後から抱き締めてくる。そんなふうにされてしまえば、もう阿部に仕返しはできなくなった。

「なんで止めるんだよ」

代わりに不満をぶつけた裕紀に、小田切は、この場にはそぐわないほど穏やかな声でこう言った。

「俺がさせたくないからに決まってるだろ？」

「……………」

一言で十分だった。工具を落とし、その手を小田切の腕にやる。

「なんだ、結局いいのは威勢だけか」

なのに、阿部はなおも挑発してくる。

「殴ればいいだろ。まあ、あんたはこれまで一度も他人を殴ったことなさそうだよな」

ここまでくると、哀れにすら思えてくる。小田切に固執することが阿部のすべてになっているようだ。

「俺は殴らない」

けれどそれは、これまで他人を殴ったことがないからではない。

「小田切が止めるからだ。真辺さんを思って、あんたの気持ちを思って、俺のことを心配して、小田切がやるなって言うから、俺はやらないんだよ。あんたにはわからないだろうな、きっと。だってあんたは自分だけが苦しんでて、大事な友だちを亡くした小田切や他の仲間が苦しまなかったと思ってるんだから。弟を亡くした章子さんも、あんたほどには苦しんでないって思ってるんだよね。だから、誰の気持ちも考えないで、こんなことができるんだ」

自分が部外者だと自覚しているので、こんな言い方をするつもりはなかった。だが、昂る感情のまま阿部に苛立ちをぶつける。

「あんたが小田切にしたことを章子さんが知ったら、なんて言う？　よくやったって誉めてくれると思ってるんだ？　あんたは真辺さんのことを兄貴みたいだって言ったけど、じゃあ、真辺さんは弟が小田切にしたことを喜んでくれるようなひとなんだ。だったら、真辺さんは間違ってる」

「裕紀、もういい」

小田切の手が頭にのる。くしゃくしゃと髪を乱されて、自分が熱くなりすぎていたことに気づき、唇を引き結んだ。

「……小田切」

首を巡らせて小田切を見ると、タオルは首に巻かれていた。どうやらひどい出血はおさまったらしく、その事実に安堵する。

「ごめん……俺、真辺さんのこと、悪く言って」

「わかってる。謝らなくていい」

小田切はまた裕紀の髪を乱してから、黙り込んでしまった阿部の名前を口にした。

「裕紀の言うとおりだと思う。俺たちは秀が死んでずっと悲しんできたけど、あいつがいまの状況を知ったら、もういいかげんにしてくれってうんざりした顔で言うだろうな。そういう奴だろ？　だから、俺は今日限り自分を責めるのをやめるよ」

「――――」

阿部は一点を睨んだまま黙りこくっている。

その後しばらく無言を貫いていたが、一度大きく肩で息をつくと、重い口を開いた。

「みんなが……秀兄のことを忘れていってるような気がした」

声を詰まらせ、時折喉を引き攣らせながら小田切に訴えかける。阿部の執着は、従兄にとって小田切が一番の親友だという思いゆえなのだろう。

「あんたはちがうはずだって信じてたのに、ちゃんと立ち直ってる。このまま秀兄が忘れ去られていくのかと思ったら――我慢できなかった。俺は、俺だけはずっと忘れるもんかって思って」

「忘れるわけないだろ」

小田切の声はいっそさばさばして聞こえる。小田切自身、なにかが吹っ切れたのかもしれない。

「誰も秀を忘れてない。これからだってそうだ。おまえ、昼間あの場所へ行ってみるといいよ」

小田切が指差したのは、上のほうだ。

「白いガードレールがそこだけ変色してる。みんなが代わる代わる行っては秀の好きなコーラをかけていくからな。あと、誰かが種を植えたらしくて秋には白い花が咲くんだぞ？　秀に花かよって笑えるだろ？　けど、そういう悪ノリが誰より好きな奴だった。それは、阿部が一番知ってるんじゃないか」

心当たりがあったのか、阿部の表情に微かな変化が表れる。かと思うと、

「くそ……っ」

小さな子どものように阿部は地団駄を踏んだ。

「俺はどうすればいいんだよ。誰に、ぶつけたら……っ」

「秀にぶつけるしかないんだよ。どうしてひとりで死んじまったのかって、あいつに言うしか」

小田切の返答に、意味がないと阿部は吐き捨て、悔しげに歯噛みをする。

小田切は首を横に振った。

「そうでもない。俺が文句を言うと、あいつが答えそうなことがわかる。結局、秀は『きばってこうや』って笑うんだろうなって」

きっと小田切自身そうしたにちがいない。乗り越えるためには、どうしても必要なことだったのだ。

「『底まで落ち込んだら、上向け。きばってけよ』」

そう呟いた阿部が、力なく項垂れる。その姿を前に、小田切はもうなにも言わなかった。結局のところ自分で心の整理をつけるしかない。これからどう考え、どうするのか阿部自身が決めることだ。

行くぞ、と視線で示され、頷いた裕紀は小田切とともにバイクへ歩み寄る。後ろに跨ってすぐ、エンジン音を轟かせて動き出したバイクは、帰路ではなく、上を目指して走り始めた。さっき上を指差したことと無関係ではないだろう。

町田は阿部に付き添うために残ったので、ふたりきりだ。これから向かう場所を考えると、自ずと緊張してくる。

五分ほど走ると、小田切がバイクを停めた。そこは先刻阿部に連れていかれた場所から少し上がったところだったが、思ったとおり一カ所ガードレールが変色していた。

バイクに跨ったまま小田切は一言も口をきかず、ずっとガードレールを見つめている。そこに割り込む隙もないし、そうするつもりもなかった。

ただひたすらやるせなく、胸が締めつけられた。

小田切はずっと自分を責めてきたのだろう。二年もの間、誰にも悟られない深いところで、ひとり苦しんできたのだ。

それがどんな日々だったのか自分には想像すらできないが、いま小田切の隣に立てていることが単純に嬉しかった。

家まで送っていくという小田切の申し出には、迷わずかぶりを振る。もちろんひとりで帰りたいという意味ではなかった。

「今日は、泊まりたい。一緒にいたい」

どうか断らないでほしいと思いつつ小田切の返答を待っていると、すぐに望む言葉が返ってきた。

「ああ、そうだな。一緒にいよう」

ほっとすると同時に、今度は小田切になんと声をかけようかと考える。小田切はきっと慰めも励ましも必要としない。

となると、他にどう言えばわずかでも支えになるだろうか。

バイクの後部シートで冷たい風を頬に受けながらずっと考えていたけれど、ホテルに到着したときもなにも浮かんでいなかった。

「俺、こういうホテルに入るの初めて」

キーを手にした小田切と一緒にエレベーターに乗る。自分にとってはすべてが初めてだったが、「俺も」と小田切が言わなかったからといって失望はしなかった。二歳という年の差以上の経験値の差は、初めからわかっていたことだ。

部屋に入ると、真っ先に視界に入ってきたベッドにぎょっとする。そういう目的のために使うホテルだと思うせいか、無駄に大きく、主張しているように感じられる。しかも、ベッドへッドにはボックスティッシュとコンドーム、ジェルまで用意されている。

右手奥にあるバスルームはガラス張りで、ベッドの位置からは丸見えだ。

「足、見せて」

バイクのキーと財布をサイドテーブルに置いた小田切が、ベッドに座るよう言ってきた。

「え、あ……うん。でも、大丈夫」

「ずっと引き摺ってただろ」

確かに痛みはあるが、我慢できないほどではなかった。それよりも、まだ小田切にかける言葉が浮かばないことのほうが重要だ。

「どうしてすぐ言わなかったんだ」

裕紀の前に屈んだ小田切が、足首を見て眉をひそめる。

「家に帰ったら湿布でも張ってれば大丈夫」

「大丈夫って、腫れてるのに」

そう言ってくる小田切のほうこそ、額や頬に乾いた血がこびりついてひどい有様だ。掠っただけというのは本当らしいが、三センチほどの切創《せっそう》はけっして軽傷ではない。

「……たいしたことないって言ったくせに」

平気そうな顔をしていても、痛むはずだ。

「いまは裕紀の足の話だろ？」

顔をしかめた裕紀に、やはり小田切は笑みを見せる。

「俺の怪我は自分のせいだからいいんだよ。でも、小田切のその傷は俺を庇ったせい。そういうの、俺は嬉しくない。小田切から見たら、俺なんてひ弱で頼りない存在なんだろうけど、守ってもらうばっかりじゃ厭なんだよ」

ずっと考えていたのは、こういう話ではなかった。少しでも小田切の気持ちが楽になればと、言葉を選ぶためだった。

それなのに、一度口火を切ると止まらなくなる。

「俺は、小田切がなにを考えているのか知りたいし、本当は、阿部とのことだって小田切の口から聞きたかった。小田切が真辺さんのことでつらかったんなら、俺にもそれを話してほしかった。俺はそんなに頼りない？　なにも話せないくらい、駄目な奴かな」

本当に身勝手だ。結局、自分の気持ちを押しつけるような真似をしてしまっている。

「――裕紀」

小田切が顔を覗き込んできた。

が、いまは見られたくなくて、ふいと背ける。

「……ごめん。こんなこと、いま言うつもりじゃなかったのに」

情けなさから唇を噛むと、小田切の手が顎に添えられた。

「頼りないなんて、思ってない。むしろ逆だ」

「逆？」

小田切の目がやわらかく細められる。自分に向けられるまなざしは優しく穏やかで、血の匂いをさせているのがおかしく思えるほどだ。

「いま、話していいか？」

隣に座ってからそう問うてきた小田切に、裕紀は頷く。

膝に手を置いた姿勢で、小田切は静かに話し始めた。

「秀がガードレールに突っ込んで、即死だったって話はしたよな」

「……うん」

「そのときかなりのスピードが出ていて、俺は、少し落とせと伝えるために傍へ寄ったんだ。

けど、それが悪かった。秀がカーブでハンドル操作をミスった弾みで、俺のバイクの前輪と接触した。一瞬だった。秀はガードレールに、俺はアスファルトに叩きつけられた。阿部は十四歳で、あの日はたまたま仲間のバイクの後ろに乗って一緒に来ていて、目撃したんだ。俺が寄っていかなかったら――阿部はそう思っただろう。実際、俺も何度悔やんだか知れない」

「…………」

「誰かを恨まなきゃやってられない気持ちはよくわかる。阿部は俺を恨むしかなかった。俺は俺自身を恨んだ。あげく命を助けてもらった町田のオヤジまで恨んで――」

「……っ」

胸が痛い。痛くてたまらない。話してほしかったと小田切を責めておきながら、聞かされた内容に胸が張り裂けそうになる。

身体を丸めた裕紀の背に、大きな手のひらがのった。

「なんだよ、おまえが泣くことないって」

「……いて、ない……っ」

実際自分が泣いているのかどうかわからない。が、泣いたところでなんにもならないことはわかってる。安易に泣くべきではないことも。

「ごめ……」

裕紀の謝罪に、なんでだよ、とさばさばした声が返ってくる。

「裕紀が謝る理由がないだろ」

理由ならある。

「だって……俺が慰められちゃ、どうしようもない」

どうすればいい。なにを言えばいい。考えてばかりで、結局なにもできていない。

「そういうところなんだよなぁ」

くすりと笑ったかと思うと、小田切はごろりとベッドに仰向けに転がった。

「なにがあってもちゃんと受け止めて、自分で必死に考えて答えを出そうとするんだよな。最初からそうだった。裕紀のそういう一生懸命なところに、俺は癒されたし、励まされていたよ」

誰とも近づきたくないし、近づいてほしくないとばかみたいに肩肘張っていた自分は滑稽に思える。それをこんなふうに言ってくれるのは、小田切が見ていてくれたという証拠だ。

「だから、名前を呼んで抱き締めて、大丈夫だと言ってくれ」

身を起こし、両手を広げた小田切の背に両腕を回す。きっと小田切は、裕紀のほうこそがそうしてほしかったと気づいているのだろうと思いながら。

「大丈夫。小田切」

心を込めてそう口にすると、耳元に不満げな声が投げかけられた。

「そこは『洋治』って呼ぶところじゃないか？」

確かにそうだ。照れくささもあって「小田切」呼びを通しているが、いまこそたったひとつの名前で呼びかける場面にちがいない。

「――洋治」

多少の照れくささはあるが、それ以上の心地よさを味わう。特別な名前は、特別な感情を呼び起こすのだと、当たり前のことを実感した。

「洋治。大丈夫だから」

そう言って、いっそうきつく抱き寄せる。

「もう一回」

「大丈夫、洋治」

「もう一回」

「大好きだ」

請われるままくり返しているうちに、別の言葉が口をついて出ていた。一度そうしてしまうと、感情が昂って止められなくなった。

「すごく好きなんだ。自分でも、変だって思うくらい……好き。洋治のことが――」

続きは、小田切の口中に吸い込まれた。口づけを深くしながら抱き合ったままベッドに転がる頃には、身に着けている衣服が邪魔で堪らなくなっていた。

「すげえ、したい……けどいま、ちょっとやばい」

言葉どおり身体をまさぐってくる小田切の手は、普段よりも少し乱暴だ。触れてくる吐息の熱さも、小田切の余裕のなさを表している。

小田切の昂揚が伝わってきて、裕紀もぶるりと震えた。

「やばくてもいい……俺、もしたいから」

「そんなこと言って」

「本当にしたいんだ……俺のほうが、やばいかも」

そう言うが早いか、裕紀は小田切の胸を押し返した。上半身を起こすと、自分で衣服を脱いでいく。小田切の視線を感じながら下着まですべて剝ぎ取り、全裸になった。

「裕紀」

「……じっとしてて」

小田切の脚を跨いだ格好で膝立ちになる。疼くような熱感は残っているが、不思議ともう足首に痛みはなかった。というよりそれどころではなくなったのだ。

「俺、にさせてほしい」

小田切のパンツの前を開く。小田切のものは触れる前から頭をもたげていて、裕紀が触れるとさらに質量を増した。

そのことに後押しされ、屈み込んで熱く張り詰めた屹立《きつりつ》に唇を触れさせる。砲身に舌を這わせてから深く口中に迎え入れ、手と舌を使いながら頭を上下させていった。

「……ふ……裕紀」

吐息交じりの掠れ声が耳に届く。それだけで堪らない気持ちになった。

「そんなしたら、出ちまうって」

「いい……このまま」

「――裕紀」

小田切の手が、先を促すように頭を撫でたあと髪を梳いてきた。懸命に口淫を続けた裕紀は、小田切の終わりを喉の奥で受け止めた。

迷わずそれを嚥下《えんか》する。その後、常備されている潤滑剤をとり、手のひらへそれを出すと準備するために自身の後ろへ使った。

「あんまり、見ないでよ」

いまのいままで、自分がこんな真似をするなんて思いもしなかった。羞恥心はあるのに、身体も頭の中もぼうっとしてなにも考えられない。震えながら、自分では見たこともない場所を指で緩めていく。

「う……うぅ……あっ」

指をもぐらせ、道を作る。どこもかしこも熱く感じるのは、小田切のまなざしのせいだろう。

「見……な、いでって言ったのに」

「どうして」

「どうして、って……」

指を根元まで押し込む。異物に内部が反応し、蠢《うごめ》くのがわかった。

「……うぅ」

「挿ったか」

吐息交じりの問いに、頷く。

「……は……いった」

「奥まで？」

「……うん」

奥まで指を挿入してみたはいいが、それ以上どうしていいかわからない。なにより前のほうが切なくなり、裕紀は胸を喘がせた。

「動かしてみせて」

「ど、やって」

小田切が裕紀の、いまにも弾けそうなほどに張り詰めた性器に手を添えてきた。

「触ってやろうか、こっち」

軽く擦られただけで脳天まで快感が走る。欲望が一気に募り、自分で思っていた以上に限界が近いことを知った。

「……触って」

「じゃあ、指動かして見せてくれ」

「そんなの……」

無理だと言いたくて、首を横に振る。が、小田切は撤回してくれない。それどころか、裕紀自身から手を離してしまう。

「すごく昂奮してるんだ。もっと見たい。見せてくれ」

それが嘘でないことは裕紀にもよくわかっている。声や表情もさることながら、小田切のものがふたたび硬く勃ち上がっていることでも明白だった。

どこへ目をやったのか、気づいたのだろう。自分でも中心に視線を落とした小田切は、自身の手をそこへもっていくと誇示するかのように自慰し始める。

「……おだぎ……りっ」

自然に腰を揺らめかせてしまったのは、裕紀にしてみれば仕方のないことだった。

「洋治だろ？　洋治って呼んで、自分でやってるところ、見せてくれ」

「よ……じ」

わずかに残っていた理性も焼き切れる。

我慢できない。いきたい。いきたい。いきたい。それしか頭になかった。

「さ……触って……よ、うじ」

裕紀は挿入した指をゆっくり抜いた。そして、また根元まで埋める。

「あ……」

痺れるような快感が背筋を這い上がった。一度そうしてしまえばもうやめられない。挿入した指を出し挿れしつつ身体を揺らした。

「やらしいな」

小田切が、すでに濡れている裕紀のものを大きな手のひらで包んだ。

「あぅ、あ、あ、いい……きも……ちいいっ……もっと」

小田切の手の動きが速くなるにつれ、指を大胆に動かし始める。自分のいいところを探し出して自分の指で刺激する行為に夢中になっていく。

「……たまんねえ」

「いい、いい、いく……も、あぁ……いくっ」

仰け反った瞬間、小田切の腕が腰を支えてくれた。同時に裕紀は、小田切の腹に思うさま快感の証を散らした。

「あ……あぅぅ」

絶頂のなか、身体を倒し、小田切に預ける。いつも以上に甘く優しい口づけに、裕紀は陶然とした。

だが、もちろんこれで終わりではない。

「裕紀」

小田切の両手が尻を撫でてから掴んできたとき、自ら協力して脚を開いた。

「あ……」

引き寄せられ、熱い昂りが入り口に触れる。すぐに抉ってきたそれは、何度か揺すり上げるようにして奥まで挿ってきた。

「あ……うぅ……」

腰を両手で拘束され、下から突き上げられる。

「や、あう、あ、あ……だめ…も、やぁ…っ」

今日は馴染むのを待ってくれるつもりはないようだ。初めから揺さ振られ、裕紀はされるがままになるしかない。

髪を振り乱して、小田切の上で身悶えするばかりになる。

「あぁ、また……よくな……あぅうっ」

「いいのか」

「すご……いい」

「俺とこうするの、好きだろ？」

「うん……好き」

上半身を起こした小田切が、きつく掻き抱いてきた。

「声出せ」

獣みたいな荒々しい息遣いのなか、互いに汗だくになって欲望のまま快楽を貪り尽くす。小田切に促された裕紀は躊躇なく嬌声を上げ、存分に乱れた。

「またくる……っ」

小田切の背中に抱きつき、すがる。

「ああ、俺もだ」

これまで以上に深い場所へと挿ってきた小田切が、最奥を突き上げた。

「ひ……あぅぅ」

その瞬間裕紀は味わったことがないほどの激しいクライマックスを迎え、脳天まで痺れる。

激しい愉悦に忘我し、恍惚となった。

唸り声を漏らした小田切が、次の瞬間、達した。熱い迸《ほとばし》りを体内の性感帯に叩きつけられ、裕紀が味わったのは心からの安堵だった。

「やばい。ゴムつけるの忘れた」

「……そう、みたいだ」

ダイレクトに感じる脈動に、裕紀は眉根を寄せる。もちろん厭だから、ではなかった。

「眠いのか？」

耳元で問われ、どうだろ、と答える。

睡魔に襲われているわけではないけれど、このまま眠ってしまえたらさぞ気持ちいいだろうという誘惑に駆られているのは事実だ。

「けど、中のヤツは出したほうがいい。俺が洗ってやるから、シャワー浴びよう」

「あー……うん」

小田切の言うとおりだ。それに、まずは傷を洗う必要がある。最初こそ傷に触れないよう気をつけていたものの、途中からはなにも考えられなかったので、裕紀の肩や胸元にもところどころ乾いた血がついていた。

眠るのはあきらめ、渋々バスルームへ向かう。洗うという名目で、結局そこでも盛ってしまい、ふたたびベッドに転がったときには精も根も尽きていたのだ。

そのままどれくらい眠ったのか。

目が覚めたとき、小田切は起きていた。ひとりソファに腰を下ろして、ただぼんやりしているようにも考え事をしているようにも見える目でなにもない場所を眺めている。

部屋はちがっても、何度も目にした光景だ。

裕紀は半身を起こし、その横顔に初めて声をかけた。

「傷、痛む？」

小田切がこちらを見て目を細める。

「いや、平気。それより、そっちの足首は？」

「俺は、ぜんぜん大丈夫」

ベッドを下りた裕紀はバスローブを羽織り、小田切の横に座ると、こつんと肩に頭をのせた。

「眠れないんだ」

「そういうわけじゃない」

ふっと、普段は真一文字の口許が綻ぶ。どことなく切ない。

「さっきのことがあったからか、今夜は特に気が昂ってるみたいだな」

「眠ると、真辺さんの夢を見そうで？」

不躾《ぶしつけ》な問いにも小田切はほほ笑んだまま、

「いや――」

静かな口調で言葉を重ねた。

「わからない。夢かどうか。毎晩あのときのことを考えていたら、それが夢なのか、それとも俺の妄想なのか、わからなくなっちまった」

きっとこれが本心だろう。

自分を責めるのをやめた、と小田切は阿部に言っていた。

「あのとき秀はなにを思っていたんだろう。ガードレールに突っ込むまでの数秒、あいつがなにを思っていたのか、俺はくり返し考えてきた。実際のところ正面から秀の顔を見たわけじゃないのに、俺の頭にははっきりと浮かんでくる。秀の最期の表情が」

うん、と裕紀は返す。

「誰にもわからないよ。真辺さんは真辺さんだし、小田切が真辺さんのことをどんなに考えたって、それは小田切のもので真辺さんのじゃないんだから」

小田切の笑みが深くなった。

「そういうと思った」

そして、裕紀の髪に手を差し入れてから、顔を覗き込んでくる。まっすぐ見つめられ、その瞳に自分が映っていることが単純に嬉しかった。

「そんな掠れた声で言われちゃ、説得力あるしな」

「喉痛い」

「俺の部屋だったら、間違いなく苦情きてたな」

さすがにそれだと、恥ずかしくて二度と小田切の部屋を訪ねられなくなる。赤面しながら、まあ、と曖昧な返答をした裕紀の大腿に、ごろりと横になった小田切が頭をのせてきた。

「ちょっと、寝ていいか」

そう言うと同時に、小田切はあくびをする。傷に触れないようそっとその前髪を掻き上げた裕紀は、そのまま子どもにするように何度も指で梳いた。

「おやすみ」

やがて規則正しい寝息が聞こえ始める。普段はきつい印象のある目許の無防備さが思いのほか可愛く見え、心から愛おしかった。


「大変だったんだからな」

教室に入った途端、町田の愚痴を聞くはめになった。

「阿部の奴、ベソベソして動こうとしねえし。オレァ小田切さんに頼まれてるから、まさか放って帰るわけにもいかないし。結局、明け方まであそこにいたんだよ」

町田には気の毒だが、裕紀自身もその日で終わったわけではない。翌日病院に行ったところ、筋を痛めているとのことで全治二ヶ月だと診断された。

肘や膝が擦り傷ですんだのが幸いだった。

だが、なによりの問題は小田切だ。小田切は、この程度で医者に行っていたら切りがないと言って絆創膏を貼ってすませた。

たぶん痕が残るだろう。どうせもうあちこち傷痕だらけだと本人は笑うが、笑い事ではない。絆創膏の貼られた額を目にすると、ちりちりと阿部への怒りが湧いてくる。

朗報もあった。

二日ほど学校を休んだ間に小田切の自宅待機期間は終わり、処分なしと決定した。どうやら阿部が狂言だったと認めたようだ。

「吉岡さあ。おまえ、顔に似合わず無茶ばっかりするよな。度胸があるっていうか無謀っていうか」

町田がぶつぶつとこぼし始める。よほど阿部につき合わされたことを根に持っているのだろう。

「そうかな」

「そうかなって、自覚なしかよ。だいたい阿部に呼び出されてひとりで飛び出すってところから無茶なんだって。あのあと、吉岡見つけるのに俺らがどんなに苦労したことか。小田切さんがあっちこっち電話しまくってみんなに一緒に探してもらって。たまたま見かけたって奴がいたからよかったようなものの、そうじゃなかったらいま頃どんなことになっていたか」

町田がぶるりと震える真似をする。

「……うん。ごめん」

これについてはいくら責められても一言の弁明もできない。遠藤にも呆れられたし、知らないところではもっと言われているらしい。

「吉岡」

小田切が教室に入ってくる。

「待ったか」

「そうでもないよ」

鞄を持って裕紀は席を立ち、不自由な足で跳ねるようにして小田切に近づく。

当分は小田切の送り迎えだ。いったんは断ったが、どうしてもと言われて甘えることにした。

「なんで吉岡と小田切が仲がいいのか、じつはわからなかったんだけど」

ふいにそう言ってきたのはクラス委員長だ。彼は納得したと言わんばかりに日誌の角で頭を掻いた。

「吉岡って見かけに寄らず鼻っぱしが強いみたいだし、確かに危なっかしいところあるよな」

ぐうの音も出ない、とはこのことだ。

どうせ町田は賛同するだろうし、小田切も否定しないのだ。現にふたりは笑いを堪えて小刻みに肩を揺らしている。

「せいぜい気をつけるよ」

これ以上留まっていても分が悪いのでひとり廊下に出ると、後ろから小田切がやってきた。大きな歩幅ですぐ追いつかれ、並ぶと、足を言い訳に差し出された腕を遠慮なくとった。

「親父さん、なんて言ってた？　怪我のこと」

「気をつけろって」

父親には、バイクの練習をしていて転んだと報告した。バイクと聞いて父親はいい顔をしなかったが、不思議と裕紀は反感を覚えなかった。以前の自分なら、嘘をつくことに後ろめたさを覚えるどころか、いまさら干渉するのかと苛立ちのほうが先に立ったはずだ。

バイクは向かないからあきらめると言ったときの、安堵の表情を見たせいかもしれない。今後父親が本格的に祖父母宅に居を移したとしても、おそらく自分は反対しないだろう。

「小田切に送り迎えしてもらうって言ったら、一回家に招きたいってうるさい」

「せっかくだから招かれるか」

「それ、本気で言ってる？　俺的には、すごく面倒な感じなんだけど」

校舎を出ると、クラブハウスの前を通って裏門から出る。バイク通学は建前上禁止されているので、小田切のバイクは今日も菫の勝手口の脇に駐めてあった。

「で、いつになったらこっち向いてくれるんだ？」

勝手口のドアを開ける傍ら、小田切が横目を流してきた。

「機嫌直せよ」

「機嫌なんて悪くない」

頬を指で突いてからかってくる小田切に、裕紀は深々とため息をつく。

「別にいい。どうせ俺は危なっかしいし」

「なんだ。やっぱり拗ねてたんじゃないか」

菫の中に入ってすぐ、小田切の腕が腰に回った。

拗ねているわけではなかったけれど、こうなると拗ねたふりをしたくなる。

「じゃあ、機嫌とってもらおうかな」

「なんなりと」

「本当に？　じゃあ、なにをしてもらおう」

階段の軋む音が耳に届く。章子だ。きっと章子は今日も、「他人の家でいちゃいちゃしないで」と文句を言ってくるにちがいない。

ごめん。章子さん。今日は許して。キスだけだから。キス以上のことは絶対しないから。

心中で謝り、裕紀は小田切の背中に両手を回して、顔を近づけていった。何度しても甘い口づけは、きっとすぐに自分を夢中にさせるだろう。

「――洋治」

唇ばかりでなく、胸まで甘く蕩けさせて。

互いの想いを、言葉以上に饒舌に語るのだ。

きみといる日々

町田《まちだ》から鍵を借り、クラブハウスへ向かう。自分にとっては不愉快な記憶があり、本来二の足を踏む場所だが、最近はそうでもなくなった。もともとそれほどの嫌悪感を抱いてなかったのには、無論相応の理由がある。

あの日。埃《ほこり》っぽい、薄暗いクラブハウスの中にいた小田切《おだぎり》と初めて視線を合わせ、話をした場所だ。我ながら現金だと呆れる一方で、納得できる部分も多い。

あのときはまさかこういう関係になろうなんて微塵も想像していなかった。とはいえ、当初から知らず識らず目で追っていたのだから、いま思えばそれだけ意識していたということなのだろう。

「裕紀《ゆうき》」

クラブハウスのドアが開き、長身の男が入ってくる。自分を見ると、わずかに目を細めるその表情に思わず頬を緩ませた裕紀は、一歩足を踏み出し、距離を縮めた。

小田切、とその名前を口にして。

「どうした？　こんなところに呼び出すなんて」

小田切が怪訝に思うのも無理はない。以前は学校の近くにあるスナック『菫《すみれ》』、近頃はもっぱら小田切の一人暮らしの部屋で会うのが常なのだから。

「なにかあったのか？」

上目遣いの問いかけに、小さくかぶりを振る。

一見近寄りがたい見た目や雰囲気とはちがって、基本的に小田切は心配性で面倒見がいい。小田切を慕う友人、後輩が大勢いる理由でもあるが、裕紀にしてみれば複雑な心境だった。

小田切がみなから好かれるのは喜ばしい。半面、過剰に親しくしてくる相手には人並にやきもちも焼いてしまう。

「なにもない。たいしたことじゃないけど、話があって」

「話？　わざわざここで？」

疑問に思うのはもっともだ。自分でもどうしてなのか、判然としなかった。過去の厭《いや》な記憶を払拭したいのか、それともなんとも思っていないと小田切に示したいのか。

あるいは、単に青春の一ページとして彩りたかっただけなのか。

「別にどこでもよかったんだけど、これ」

鞄から取り出した紙袋を小田切へ差し出す。

「俺に？」

「そう」

小田切が受け取るのを待って、自分から中身がなんであるかを話した。

「チョコレートボンボン」

プレゼントの意図には気づいてくれたようだ。なにしろ今日はホワイトデー。みながバレンタインデーのお返しをする日だ。

「俺、裕紀になにもあげてないけど」

「うん。もらってない」

これは、お返しではない。それならなぜホワイトデーにチョコレートボンボンを渡すのかと言えば――。

「まあ……なんというか、先月、バレンタインデーのときに用意したチョコ。なんだか照れくさくて渡せないままになってて……自分で食べてもよかったんだけど、それじゃあ買った意味がないし」

気恥ずかしさからぶっきらぼうな言い方になる。

合点がいったのか、頷いた小田切は次の瞬間に破顔した。

「裕紀らしいな」

「……どうせ可愛くないって？」

自分でも変なところで意地を張る性分なのはわかっている。顔を背けると、顎《あご》を捉えられて戻された。

「なに言ってるんだ。可愛いって言いたかったのに」

「……っ」

予想だにしていなかった一言に、かあっと頬が熱くなった。可愛いなんて、親にですら言われた記憶はない。

「どこがだよ」

それゆえつい憎まれ口をきいたが、自分に向けられる小田切のまなざしは変わらず——いや、いっそうやわらかくなった。

意地を張っている自分がばからしく思えるのはこういうときだ。たった二歳しか変わらないというのに、年齢以上の差を実感させられる。

そんな裕紀の気持ちを知ってか知らずか、小田切は紙袋から取り出した箱の包装を解き、蓋を開けた。

「うまそうだな」

人気店に並んだ甲斐があった、とは言わず、無言で小田切を窺う。食べてほしいと思ったからだが、

「裕紀、手」

その言葉に、反射的に手を出していた。するとブランデー入りの丸いチョコレートがひとつ、手のひらにのる。

「せっかくだから裕紀が食べさせてくれ」

「え」

「裕紀が、俺に、食べさせてくれ」

聞こえなかったわけではないが、同じ台詞をくり返した小田切に裕紀はしばし固まる。

「…………」

恥ずかしいから厭だ。と返すつもりだったのに、口を開けた小田切を前にして気が変わった。

小田切の言うとおりだ。「せっかく」こんなところに呼び出したのだから、いまさら恥ずかしがってもしようがない。それに、いつまでも躊躇《ためら》っていたら体温でチョコレートが溶けてしまう。

「――わかった」

裕紀は手のひらのチョコレートボンボンを指で抓むと、小田切の口へ近づけ、放り込んだ。そして、自身の指に残ったチョコレートを舌で舐める。

「甘い」

そう言った小田切に、本当にと返す。

「あと、けっこうクる」

「ウイスキー？」

「味見する？」

そう言うが早いか、小田切が腕を掴《つか》んできた。そのまま自身へ引き寄せるや否や、直接味見させるつもりなのか唇を触れさせてきた。

「……ん」

チョコレートボンボン味の舌が口中に入ってくる。

甘くてほろ苦いキスだ。

小田切は裕紀の口中にチョコレートを塗り込めるかのように、あるいはすべて舐めとるかのように巧みに舌を動かし、隅々まで辿っていく。

「ふ……小田、切」

脳天がくらくらするのは、きっとアルコールのせいではないだろう。裕紀は夢中になって舌を絡め、味見にしてはじっくり時間をかけて味わった。

「……やばい」

口づけの合間に小田切がそうこぼしたが、意味を確かめるまでもなかった。やばいのは、自分も同じだ。

「う……ん。やばい」

これ以上キスをすると、止められなくなる。いや、もはや手遅れだ。現に小田切の手のひらに尻を掴まれただけで、ああ、とあからさまな声が漏れたのだ。

ここまでくると、やめるのは難しい。激しく口づけを交わしながら、身体を押しつけ合う。

小田切は裕紀のスラックスの前をくつろげると、手際よく下半身をあらわにさせた。

「あ」

性器を手のひらで包まれる。自分がすでに興奮していることを教えられた。

「あ……うぅ」

衝動に任せ小田切の中心へ手をやった裕紀は、その硬さに思わず息を呑み、たまらず布越しに撫で回した。

「直接触ってくれ」

そう言うと小田切はスラックスの釦を外し、ジッパーを下ろして自身のものを掴み出す。手本を示すように自分で擦り立てる様を見て、迷わずそこに手を添えた。

「ふ……」

荒い息をつきながら、互いを手で慰め合う。そうするのは決定的なところにいく前までだ。

「尻ポケットに入ってる財布、とって」

財布？　どうしていま——気が急きつつも、小田切に促されるまま裕紀は手を後ろへ回し、財布を取り出す。

小田切は裕紀を机の上にのせてから、財布を開いた。

「――それ」

小田切が取り出したのはコンドームだ。

「ジェルもあるとよかったんだけどな」

そう言うと指にコンドームをつけ、裕紀の後ろへ触れてくる。コンドームの潤滑液のぬめりでそこを濡らされ、広げられて、ひっきりなしに声がこぼれた。

ジェルと同じ、とはいかないまでも、いまはそれで十分だった。いつものやり方で指を使って体内を探られると、早く小田切自身を挿れてほしくてたまらなくなる。

衝動のまま自ら片脚を立て、小田切に協力した。もちろん誘う目的もある。

「裕紀」

名前を呼んできた小田切の声は上擦っていて、それが成功したと知った裕紀はいっそう脚を開いた。羞恥心と興奮の狭間で揺れ、眩暈がするほどだった。

「――もう、いいか」

迷わず頷く。

「挿……てほし」

小田切が腰を掴んできた。ぐいと引き寄せられ、熱い屹立《きつりつ》をあてがわれて期待でごくりと喉《のど》が鳴った。

「あ――」

入り口を押し開かれる。半ば強引に抉り、身の内へ挿ってくる圧倒的な存在に胸が大きく喘ぐ。無理な行為であるのは間違いなく、苦痛はあるものの、快楽を共有する心地よさはなにものにも代え難いと知っている裕紀にしてみれば、もっと欲深くなるのは当然のことだった。

「うぅぅ……あ」

「ごめんな。もう少し」

だから、謝る必要なんてない。

首を左右に振った、その直後、奥までずるりと満たされた。

「あぁ」

衝撃に仰け反った裕紀の頭を、身を倒してきた小田切が抱き留める。宥《なだ》めるように軽く唇をそこここに触れさせてくる気遣いは気持ちのみならず身体の悦びも連れてきた。

「大丈夫そうか？」

「う……ん」

鼻先に口づけてきた小田切の呼吸も上がっている。馴染むまで我慢してくれているのだと思うと、胸が熱く震えた。普段はほとんど口にすることはないけれど、好きだと自身の想いを確認する瞬間でもあった。

「なんだか、すごい即物的」

結局こうなったかと、なんだかおかしくなって小さく噴き出した。小田切の部屋はさておき、クラブハウスや菫で盛るなど、普通に考えれば非常識にもほどがある。

「しょうがねえだろ」

照れくさそうに、小田切が鼻に皺を寄せた。

「裕紀といると、自分でも引くくらいがっついてしまうんだから」

拗《す》ねたようにも見えるその顔はやけに可愛い。自分よりずっと大人で、頼りがいのある小田切のことが歳相応に感じられて、裕紀は衝動のままに抱きついた。

「うん。しょうがない」

ふたりで会うのは単に顔が見たいとか同じ時間を過ごしたいとか、そういう気持ちからでも、ふたりでしかできないことをしたいと思うのも自分たちには自然な感情なのだから。

「俺も、引くくらいしたいし」

裕紀がそう言うと、小田切はいっそう照れくさそうな顔をした。そして、

「チョコレートよりどろっどろに溶かしてやるから、覚悟しろ」

甘ったるい言葉を口にしたかと思うと、以降はそれを実行し――裕紀はここがどこであるか

も忘れて一カ月越しのイベントに溺れきった。

図らずも、チョコレートボンボンのお返しにしては過剰なほど濃密な時間を過ごしたのだった。

あとがき

　こんにちは。高岡《たかおか》です。新緑の季節の新刊は、とても懐かしいノベルスの文庫化『不器用な唇』になりました。意地っ張りでクラスメートになかなか馴染めない転校生受と、ちょっと不良っぽい大人びた攻と、当時としては王道カップルだったように記憶しています。

　毎度のことですが、全面改稿しました。不良高校生のアイテムだった煙草も、いまはご法度ですし。そういえば巻末ＳＳは、同人誌の再掲をしていただく予定が、同じなのはバレンタインデーというワードだけで、結局、一から書きました。

　あ、ノベルスのときにはなかったサブタイトルがついてます。

　そんな文庫版は、金《かね》ひかる先生にイラストを描いていただけることになりました！

　金先生、お忙しいなか本当にありがとうございます。本になって拝見するのが愉しみです！

　担当さんも、亀の歩みで……本当に申し訳ありません。頑張ります。

　最後に。装いも新たになった『不器用な唇　First love』をお迎えくださった皆様に心から感謝を捧げます。

　どうか少しでも愉しんでいただけますように。

高岡ミズミ

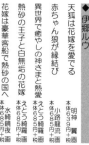

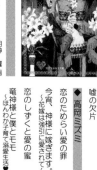

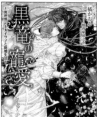

Cocktail Kiss Label

カクテルキス文庫をお買い上げいただきありがとうございます。
先生方へのファンレター、ご感想は
カクテルキス文庫編集部へお送りください。

〒102-0073　東京都千代田区九段北3-2-5 5F
株式会社Jパブリッシング　カクテルキス文庫編集部
「高岡ミズミ先生」係 ／「金ひかる先生」係

カクテルキス文庫HP https://www.j-publishing.co.jp/cocktailkiss/

不器用な唇 First love

2021年5月30日　初版発行

著　者　高岡ミズミ
©Mizumi Takaoka

発行人　神永泰宏

発行所　株式会社Jパブリッシング
〒102-0073　東京都千代田区九段北3-2-5 5F
TEL　03-3288-7907
FAX　03-3288-7880

印刷所　中央精版印刷株式会社

初出　不器用な唇 First love……ラキアノベルズ（2002刊）改稿
きみといる日々……書き下ろし

ISBN978-4-86669-394-1　Printed in JAPAN